어느 봄날, 아주 따듯한 떨림

어느 봄날, 아주 따듯한 떨림

김인숙 산문

아시아

차례

만 개의 다리   06

사랑과 죽음의 다리   14

사오싱의 아침   22

만 개의 다리의 시작   36

루쉰에게 가는 다리   50

아큐의 다리   66

검은 연못의 다리   78

월나라로 가는 길   92

월나라의 중심   110

슬픔의 다리   122

흔들리지 않는 자들의 다리   130

만 개의 다리

바이두 디투百度地圖라는 게 있다. 구글 맵이 있는 것처럼, 네이버 지도가 있는 것처럼, 중국에는 포털 사이트 바이두가 제공하는 지도가 있다. 지도는 중국어로, 디투ditu. 오래된 기억 속에서 한참 전에 배웠던 중국어가 고개를 내민다. 그랬던 시절이 있었다. 중국에 빠져 있었고, 중국어 배우기에 미쳐 있었고, 걸어 다니는 일에 홀려 있었다. 벌써 십 년도 더 전의 일이다. 그때는 간자체로 표기되는 중국어를 잘 읽지 못했고, 말은 더 못했고, 이런 스마트한 지도도 없었다. 알고 싶은 것이나 가고 싶은 곳이 있으면 다 내 몸으로 겪어야 했다. 내 몸의 기억이 지도가 되었다.

그러나, 이제 나는 스마트한 지도를 다운로드하고, 실행시킬 줄 안다. 그리고, shaoxing, 사오싱의 중국어 발음을 입력한다. 소흥, 사오싱이 스크린에 뜬다. 그런데 이 지도, 어딘가 모르게 특이하다. 손가락을 벌렸다 좁혀가며 스크린의 지도를 확대하고 축소해본다. 축소하고 다시 확대해본다. 지도에 온통 물이 넘쳐난다. 더 크게 확대했다가는 스크린 바깥으로 범람할 듯한 물. 지도를 들여다보며 이 도시를 맨발로 첨벙첨벙 건너다니는 상상을 해본다. 치맛자락을 걷어 올리고, 첨벙첨벙. 그리고 젖은 발을 종아리에 쓱쓱 문대 닦는 상상을. 자갈을 달군 햇살과, 물 위로 떨어지는 빗소리와, 물 건너에서 누군가가 나를 부르는 낭랑한 외침소리를.

　사오싱은 물과 다리의 도시다. 기록에 의하면, 만 개가 넘는 다리가 있다고 한다. 그래서 다섯 걸음 안에 다리를 만나고, 열 걸음에 안에 다리를 건넌다는 말이 생겨나기도 했단다. 오보일등, 십보일과五步一登, 十步一跨 흥미롭다.

　사오싱으로 가는 길은 상하이를 통한다. 적어도 나한테는 그렇다. 낯선 곳을 갈 때는 익숙한 곳을 거쳐서 가는 것이 좋다. 낯선 것들에 대해 마음이 천천히 준비되면서 은근히 데워지는 시간을 가질 수 있기 때문이다. 물론 길은 많다. 중국 국내에서의 이동이라면 어디를 통해서라도 갈 수 있을 것이다. 그러나 한국에서 가는 길이라면 상하이를 통하는 것이 가장 편안한 선택이다.

　사오싱으로 확대되어 있던 지도를 축소해본다. 상하이에서 서쪽으로 쑤저우蘇州가 보이고, 남서쪽으로는 항저우杭州가 보인다. 사오싱은 항저우의 아래쪽, 네 시 방향쯤에 보인다. 이번에는 노선을 검색해본다. 상하이 남역에서 사오싱 기차역까지 두 시간 삼십구 분이 걸리는 노선 안내도가 나온다. 기차는 자싱嘉興, 항저우를 거쳐 사오싱에 도달한다. 더 빠른 기차도 있다. 가오티에高鐵, 말하자면 중국의 KTX는 상하이 훙 차오역에서 사오싱 북역까지 한 시간 이십구 분이 걸린다. 기차가 달리는 길을 보기 위해서는 지도를 작게 축소하지 않을 수 없다. 그러나 이렇게 축소해놓은 작은 지도에서도 사오싱을 중심으로 한 물길들이 보인다. 작은 지도 위에 보이는 물길은 더욱 흥미롭다. 파란 물감을 백지 위에 흩뿌려놓은 듯한 물길.

중국에서 살았던 적이 있다. 오래전의 일이다. 중국에 빠져 있고, 중국어 배우기에 미쳐 있고, 걸어 다니는 것에 홀려 있던 십 년도 더 전의 일. 그때 상하이에 가봤고, 쑤저우에도 가봤고, 항저우에도 가봤다. 그 후에도 갈 일이 생겼다. 사오싱은 처음이다. 처음 가보는 도시. 설레야 마땅할 일인데, 추억이 설렘을 압도한다. 아무리 오랜 시간이 흘렀어도, 여전히 중국은 나에게 여행지가 아니다. 먹고 자고 부대끼며 살았던 나라, 한 시절의 추억. 그 기억이 남아 있는 한 그럴 수가 없다.

그 시절에 나는 셋집 정보를 얻으러 주민센터를 찾아다니고, 거리에 붙은 광고 전단에 적힌 장 선생, 왕 여사에게 전화를 걸어 집세를 물어보고, 중국인 집주인의 가구와 그릇과 묵은 때의 흔적이 고스란히 남아 있는 집에 내 이삿짐을 풀었다. 현지 시장에서 야채 값을 깎아서 사고,

개수가 아니라 근으로 달아 파는 계란을 사다 먹고, 불고기를 해먹고 싶은데 고기를 얇게 썰어달라는 말을 할 줄 몰라 덩어리로 사온 고기를 집에서 저미다가 손가락을 베었다. 사스를 겪었고, 한국에서 데리고 간 강아지를 잃어버렸고, 도둑을 맞았다. 중국인 친구가 생겼고, 조선족 친구가 생겼고, 아는 교민들도 생겼다. 쏟아지던 폭우, 눈처럼 내리던 황사, 호수가 꽝꽝 얼어붙던 추위, 자귀나무에 꽃 피어 있던 어느 초여름의 하루도 기억한다. 중국어를 배우러 다니던 학교, 정액권을 끊어놓고 잘 가지 않던 피트니스클럽, 앞바다와 뒷산과 공원과 운하, 식당과 백화점과 시장, 고궁과 박물관과 동물원과 놀이공원도 기억한다. 나에게 중국은 그런 곳이다. 여행지가 아니라 살던 곳, 내 인생의 어느 한때.

다롄大連 경제개발구 송핑리松平里에서 살았던 시간들, 그리고 베이징 하이뎬구海淀區 스지청世紀城에서 살았던 시간들……. 그 두 도시, 그 두 동네에 대해서라면 나는 아주 늙은 여자같이 느리고 나른한 목소리로, 희미하거나 또렷한 추억들을 얼마든지 말할 수 있을 것 같다. 때로는 그리움으로, 때로는 통증으로, 때로는 짐짓 입술도 깨물어가며. 그러나 그러지 말기로 한다. 그러기에는 세월이 너무 흘렀거나, 아직 충분히 흐르지 않은 것일지도 모른다. 끝과 끝의 기억들, 온몸이 다 젖어버렸거나 발끝 하나 담그지 못한 기억들.

그 기억들을 멀리 돌아 나는 내가 살았던 나라의 처음 가보는 도시 이야기를 하기로 한다. 여행지인 곳, 그러나 여행지일 수 없는 곳. 나는 그 경계에 있기로 한다. 오랜만에 중국행 비행기 표를 예약하고 비자를 신

청하는 일이 즐겁다.

상하이로부터 먼저 이야기를 출발하도록 하자. 사오싱으로 가려면 어차피 상하이를 거쳐야 하니까. 이 거대한 국제도시는 내겐 그리 낯선 곳이 아니다. 이런저런 이유로 여러 번 갈 일이 있었다. 놀러 간 적도 있었고, 일 때문에 간 적도 있었고, 다른 곳에 가기 위한 경유지인 적도 있었다. 처음 갔던 건 2000년대 초반이었는데 그때만 해도 상하이에는 아주 오래된 아파트들이 있었고, 그 아파트들 밖으로는 빨래를 주렁주렁 매단, 믿을 수 없을 정도로 긴 바지랑대가 뻗어 나와 있었다. 지금은 찾아보기 힘들겠지만 파자마를 외출복으로 입는 사람들도 있었다. 한 가족이 세트로 파자마를 갖춰 입고, 핸드백을 들고 구두까지 갖춰 신고 도도하게 거리를 걷는 모습은 마치 농담 같아 보였다.

그러나 어느 한쪽에 그런 오래된 풍경을 품고 있음에도 상하이는 이미 그때에도 엄청난 국제도시였다. 다시 갈 때마다 더 그랬다. 높은 빌딩과, 수많은 차들과, 그보다 더 많은 사람들과, 모던한 바와 숍들. 그렇더라도 상하이에 마음이 깊이 끌려본 적은 없다. 편리한 것을 좋아하고 쇼핑을 좋아하긴 하지만 그것이 그 도시에 마음이 끌린다는 걸 의미하지는 않는다. 나는 주로 오래된 것에 마음이 끌린다. 오래된 건물, 오래된 이야기, 오래된 사람들. 그 자체가 그냥 이야기인 것들.

물론 상하이는 어마어마하게 역사적인 도시다. 특히나 청나라 말기, 민국 초기, 개항기의 역사는 침략과 몰락과 아편의 향과 함께 유적들로 남아 있다. 그것은 야만과 전쟁, 제국주의의 역사다. 상하이에는 우리 나라 임시정부 건물도 있다. 잠깐 말이 옆길로 새기는 하겠지만, 임시정부의 벽에 걸려 있던 열사들의 사진을 보고 가슴에 금이 가는 듯 아프던 기억을 얘기하지 않을 수 없다. 열사들의 애국충정이 새삼 실감 나게 다가오기도 했겠거니와, 그보다 먼저 그들의 너무나 앳된 얼굴들 때문이었다. 젊음과 뜨거움이 두서없이 떠올라 연결되는데, 뜨겁기만 한 게 아니라 아프고 쓸쓸하기도 했었다. 더 길게 얘기하지 말자. 그랬다가는 옆길로 샌 말이 본 얘기보다 더 길어질 수도 있겠다.

상하이에 오게 되면 상하이에서 그치지 않고 꼭 어딘가를 더 가게 되곤 했다. 상하이가 아쉬워서가 아니라 오히려 풍성해서다. 항저우도 상하이를 거쳐 갔고, 쑤저우도 마찬가지다. 항저우와 쑤저우가 내게 남긴 물의 기억이 아니라면 사오싱에 가겠다는 생각은 하지 않았을지도 모르겠다. 항저우 시후西湖에서는 아주머니 뱃사공이 모는 배를 탔었고, 쑤저우에서는 늙은 뱃사공의 뱃노래를 좁은 수로에서 들었다. 상하이를 거쳐 갔던 곳 중에는 통리同里도 있었다. 운하로 이루어진 작은 마을 전체가 오래된 사진 속에서 조용히 걸어 나온 듯, 그야말로 그림처럼 아름다운 곳이었다.

통리에서는 소박한 다리를 건너 좁은 운하를 건너다니며 시간을 보냈었다. 하필이면 폭염, 더위로 쪄죽을 것 같은 날씨에 에어컨도 나오지 않는 고물차를 잘못 잡아타고 갔었는데, 그 더위와 고생을 잊을 만큼 그곳이 좋았었다. 상하이 근방에는 물길로 유명한 곳이 많다. 항저우에는

시후가 있고 우시无錫에는 타이후太湖가 있고, 그 타이후의 물길을 받아 물의 마을수향, 水鄕이 된 쑤저우가 있고, 쑤저우 바로 옆에는 또 그야말로 물길로 유명한 저우장周庄이 있다. 항저우로 가는 도중에는 관광특별지구로 지정된 우전烏鎭도 있다.

사오싱의 물길은 뭐가 특별한가? 내 마음을 끌어당기는 것은 사실, 물길보다도 그 물길을 건너가는 일이다. 다리를 건너 건너든, 발목에 물을 적셔가며 건너든, 혹은 물에 빠져 죽을 뻔하면서 건너든……. 사오싱 구차오紹興古橋라는 말이 있다. 직역하면 사오싱의 옛날 다리, 오래된 다리라는 뜻이겠다. 그런데 내게는 이것이 두 개의 단어로 읽히지가 않는다. 사오싱의 오래된 다리로 읽히는 게 아니라, 사오싱이 오래된 다리고, 오래된 다리가 바로 사오싱이라는 소리로 읽힌다. 기록에 의하면 이 도시에만 10,160개의 다리가 있다고 한다. 그래서 사오싱은 일만교의 도시로도 불린다. 다섯 걸음 안에 만나고 열 걸음 안에 건너게 된다는 다리들. 그토록 많은 다리를 건너고, 건너고, 또 건너면 내 인생의 무언가, 어느 지점도 건너게 되지 않겠나. 인생은 못 건너도 다리는 건너지 않겠나. 건너기 힘든 인생 대신 다리나 실컷 건너면 그래도 풀리는 뭐가 있지 않겠나. 건너는 일이 뭐 별거 아닌 거처럼 여겨지지 않겠나.

그래서, 나는 사오싱으로 간다.

사랑과 죽음의 다리

　미생이라는 남자가 있다. 웹툰, 그리고 TV 드라마로 유명해진 장그래 씨를 말하는 게 아니다. 『사기, 소진전』, 그리고 『장자, 도척』 등에 나오는 미생이다.

　이 남자, 미생에게 어느 날 운명적인 사랑이 찾아온다. 모든 사랑은 매번 운명적이지만, 누군가에게는 더 그렇기도 하다. 그것은 인연이 얼마나 극적으로 다가오느냐는 상관없이, 누군가를 얼마나 깊이 사랑하느냐도 상관없이, 그저 마음이 놓인 자리의 문제인 듯하다. 사람마다 다르다는 뜻이다. 혹은 사람에 따라 다르다는 뜻이기도 하다. 미생, 이 남자에게는 사랑이 목숨과 바꿀 일이었다.

　그리고 그날이 다가온다. 사랑하는 여인과 만나기로 한 날 비가 쏟아지고, 하필이면 만나기로 한 곳은 다리 아래다. 그토록 비밀스러운 사랑이었던 걸까. 다리 아래에서, 꽁꽁 숨어 만나지 않으면 안 될 만큼. 물소리에 섞여 숨소리마저 숨기지 않으면 안 될 만큼. 그런 사랑인 만큼 그래서 더 간절하기도 했을까.

여자는 오지 않았다. 비만 쏟아졌다. 강물이 분기 시작해 곧 발이 잠기고 발목이 잠기고 무릎이 잠겼다. 이제 그의 몸이 다 잠기고, 다리마저 잠기게 될 터였다. 그래도 남자는 그곳을 떠날 수가 없었다.

미생지교尾生之橋. 이 유명한 고사의 끝은 해피엔딩이 아니다. 미생은 나타나지 않는 여자를 기다리다가 끝내 강물에 휩쓸려 죽음을 맞이하고 만다. 강물에 휩쓸리기 전에는 있는 힘을 다해 다리 기둥을 끌어안았다. 그래서 미생포주尾生抱柱, 혹은 포주지신抱柱之信이라고도 한다. 다리의 기둥을 끌어안는 미생. 여전히 기다림 때문이었을까, 아니면 살고자 하는 본능적인 행동이었을까. 누구도 알 수 없는 일이다. 후대의 사람들은 미생을 '목숨을 다해 기다린 남자'로 기록한다. 낭만적으로 얘기하면 그렇다. 대개는 약속을 지키려다가 어리석게 죽은 남자로 얘기된다. 풀어 얘기하면, 융통성이라고는 눈곱만큼도 없는 사람이라는 뜻이다. 장자는 심지어 미생을 '명분에 얽매여 죽음을 가벼이 여긴' 어리석고 몹쓸 인간이라고 했고, '신의의 환란'이라는 표현까지 썼다.

그러나 과연 그럴까. 세상의 모든 일에는 이면이 있고, 사랑하는 일에는 더욱 복잡한 이면이 있기 마련인데. '운명적인' 사랑이라는 것에는 무엇보다도 견딜 수 없게 비통하고, 그런가 하면 온몸이 마비될 정도로 달콤한 기다림이라는 게 있는 법인데. 누군가를 기다리면서 자신도 모르게 울어본 사람이라면, 장담하건대 말하자면 누구나 다, 강물이 불어 넘치는 다리 아래를 떠날 수 없는 한 남자의 마음을 짐작할 수 있을 것이다. 비가 쏟아져 자신이 우는 줄도 모르고, 여인이 저버린 약속 때문에 죽음이 고통스러운 줄도 모르고, 그래도 혹시 이제라도 오지 않을까, 다리 기둥을 한 번 더 끌어안고 버텨보는⋯⋯ 그렇게 쓸쓸한 이야기.

비 이야기로 사오싱의 이야기를 시작하도록 하자. 사오싱에 도착하고 며칠 후, 갑자기 쏟아지기 시작한 비가 거셌다. 맑은 하늘에 한 방울 두 방울 떨어지기 시작한 비가 그야말로 순식간에 양동이로 쏟아붓듯 했다. 사위는 곧 어둠으로 덮였다.

우산도 거센 빗발을 가리지 못해 옷과 신발과 가방이 다 젖어버렸다. 우산은 쓰고 있는 게 오히려 짐이었다. 온몸이 다 젖어버려 스마트한 지도를 보기 위해 핸드폰을 꺼낼 수도 없었다. 길을 잃었다는 소리다. 도시 한가운데에서, 비를 맞으며.

그러나 사오싱에는 어디에나 비를 피할 다리가 있다. 말했지 않나. 다섯 걸음 안에 다리를 만나는 곳이 사오싱이라고. 오늘 나는 다리 아래에서 비를 피하지만, 오래전 미생은 그곳에서 목숨을 잃었다. 사랑 때문에, 그리고 약속 때문에, 어쩌면 어리석음 때문에⋯⋯. 어리석건, 어리석지 않건 사랑은 약속이고, 약속은 '건너가는 것'이다. 나로부터 너에게로, 너로부터 나에게로. 그래서 다리는 약속이고, 사랑이다.

다리는 또 죽음이기도 하다. 너무나 명백하게도. 수많은 자살자들이

다리를 죽음의 장소로 선택한다는 것을 말하려는 게 아니다. 이 생과 저 생의 사이. 그러니까 탄생과 죽음, 삶의 시작과 소멸, 그 사이의 다리……. 그것은 어떤 모습일까. 그건 마치 여기에서 저기로 훅 건너가는 것, 한 발자국도 안 되는 거리일 것만 같다. 그렇게 사소하고 간단하다는 의미가 아니라, 그렇게 순간적이고 그렇게 불가해한 것일 것 같다는 의미다.

여기에서 저기, 한순간.
삶과 죽음이 그저 그럴 뿐이라면, 참으로, 서늘하다.

젖은 몸이 춥고 미생에 대한 생각 때문에 마음도 서늘한데, 혼자 있는 것보다는 낯선 누군가라도 함께 있는 게 낫겠다. 다리 아래에는 나처럼 우산살이 구부러져 온몸이 젖은 사람이 있다. 그도 나처럼 젖은 손으로 자꾸 핸드폰을 만지작거린다. 나는 지도를 보고 있는데, 저 사람은 뭘 보나. 그때 고개를 들어 올린 그와 눈이 마주친다. 잠시 망설이는 눈빛, 그리고 그가 내게로 다가온다.

"실례지만 묻겠습니다. 기차역은 어디에 있습니까?"

정확한 문장, 그러나 서툰 발음의 중국어로 그가 내게 묻는다. 나는 정확하지도 않을뿐더러 더 서툰 발음으로 대답한다.

"미안합니다. 나는 중국인이 아닙니다."

이게 대답이 될 수 있나, 나는 잠깐 생각한다. 중국인이 아니면 기차역이 어딘지 모르는 게 당연한가. 남자는 '아, 그렇습니까.' 했다. 그러고는 '그러면 어느 나라 사람입니까?' 물어보지도 않는다. 기차역 말고는 나한테는 관심이 없다는 뜻이다. 그런데 그게 왜 언짢은가. 고개를 숙이고 그 사이 물기가 마른 손가락으로 더 열렬히 지도를 터치하기 시작한다. 기차역이 보인다. 바로 물 건너다. 가르쳐줄까? 남자는 내게서 등을 돌린 채로 비를 바라보고 있다. 그에게 기차역을 가르쳐주려면 그의 어깨를 두드려야 할 것이다. '왜 그러십니까?' 서툴지만 정중한 중국어로 그가 그렇게 물으면, 나는 뭐라고 대답을 하나.

언어란, 의역되지 않은 채의 날것인 언어란, 흥미롭지만, 언제나 그런 것은 아니다. 많은 경우, 몹시 부끄럽다.

비는 계속 내린다. 거센 빗줄기를 뚫고 저편으로 사오싱잔紹興站, 기차역이 보인다. 한 번 보이기 시작하니 너무나 잘 보인다. 기차역은 어디에서나 중심이라 광장이 보이고, 쇼핑몰도 보인다. 그리고 운하를 따라 줄지어 서 있는 아파트들도 보인다. 퍼붓는 비는 사오싱의 현대적인 삶을 바깥에서부터 안으로 가린다.

사오싱에는 큰 기차역이 두 군데 있다. 하나는 사오싱 북역, 또 하나는 그냥 사오싱역. 북역이 새로 생긴 역으로, 가오티에, 즉 고속철도가 개통되면서 생긴 역이다. 이 고속철도와 관련된 농담을 들은 적이 있다. 한국에는 왜 고속철도가 필요한지 모르겠다고, 중국의 어느 지도자가 진지하게 의문을 표시했다는. 중국의 입장에서 보자면 한국은 손바닥만 한 나라다. 내일은 '전국적으로' 비가 내리겠다는 한국의 일기예보를 듣고, 누군가는 어떻게 그럴 수가 있냐고 물었다고도 했다.

한국같이 손바닥만 한 나라에서도 교통의 변화는 삶의 속도와 질의 변화가 된다. 중국같이 땅덩이가 큰 나라에서야 오죽할까. 고속철도가 운행된 이후 사오싱에서 상하이까지의 거리는 세 시간에서 한 시간 십오 분가량으로, 절반 이하로 줄었다. 상하이를 거쳐 베이징까지 간다고 생각해보자. 보통열차로는 열다섯 시간 이상 걸리던 거리가 다섯 시간 안쪽으로 줄었다. 하루 생활권이 된 것이다. 부지런을 떨면 베이징에 가서 일을 보고 그날 안으로 돌아올 수도 있다. 특별한 날에는 베이징에 가서 베이징 카오야를 먹고, 경극도 한 편 보고 돌아올 수 있다는 소리다.

내가 바라보고 있는 역은, 사오싱역. 1937년에 처음 생긴 이 역은 북역이 생긴 후 보통열차와 특급열차들이 오고 가는 기차역이 되었다. 그러나 그래서, 진짜 역 같다. 그 이름만으로도 복고적인 향수를 불러일으키는, 그런 옛날 역. 버스터미널과는 종류가 다른, 뭔가 좀 더 멀고, 더 다정하고, 더 진지하고, 더 서글프거나 쓸쓸한…… 안나 카레니나는 철로에 몸을 던져 죽었고, 톨스토이는 간이역의 역장 관사에서 죽었다. 기차역을 보면 그런 것들이 떠오른다.

그 기차역의 문을 열고 나오면, 이천오백 년의 세월을 증명하는 고읍이 놓여 있다. 사오싱은 월나라의 성도였다. 오월동주의 그 월나라. 와신상담, 토사구팽의 바로 그 월나라다. 월나라의 고읍은 섬처럼 물길로 둘러싸여 있다. 물을 건너지 않고는 들어갈 수가 없다. 그래서 그 안으로 들어가는 사람들은 뭔가를 씻으면서 들어갔을까, 그리고 또 씻으면서 나왔을까.

비 그친 후에야 알았다. 내가 빗속에서 길을 잃었던 곳 근방에는 월왕교越王橋가 있었다. 월왕교는 아마도 월왕이 건넜다는 다리, 혹은 월왕을 맞이했다는 다리일 터이다. 이 월왕은 춘추전국 시대의 월나라 왕일 수도 있겠지만, 오대십국 시대의 오월국 왕일 가능성이 더 크다. 월나라와 오월국 사이에는 동진이 있었고, 그 후에는 남송도 있었다. 까마득히 거슬러 올라가면 전설상의 나라 하나라와 관련된 이야기들도 있다. 오래된 다리들은 오래된 이야기를 담는다. 새로 놓은 다리들은 오래된 이야기를 잇는다.

역사로 범벅이 되어 있는 이 도시, 그래서 사오싱은 조심해야 하는 도시이기도 하다. 자칫 역사 속으로 첨벙 빠져버리면 헤어 나오기가 힘들 것이다. 그러기 전에 그 경계를 걸어봐야 한다. 어떤 역사를 안고 있든 간에 도시는 오늘의 시간을 살고 있다. 살아서 움직이지 않는 도시는 어떤 오래된 이야기를 안고 있든 간에 그저 죽은 도시에 지나지 않는다.

사오싱의 아침

사오싱의 아침은 골목 행상의 낭랑한 외침으로부터 시작된다. 막 잠에서 깨어 아침식사 준비를 시작한 사람들이 대문을 연다. 행상이 끌고 있는 동력 자전거의 뒤 칸에는 수조가 실려 있다. 수조에는 손가락 두 마디만 한 작은 게들이 바글바글 들어 있다. 바글바글, 소리라도 낼 듯이 싱싱하다.

사오싱은 민물 게가 유명하다. 구워서도 먹고 볶아서도 먹고 다른 요리에 넣어서도 먹는다. 행상이 외치는 소리를 듣고 얼른 대문 열고 나와 근으로 달아 한 바가지를 사들고 들어가는 할아버지를 보니, 그거 참 맛있겠어요, 말을 건네고 싶은 마음이 든다. 부산이나 그 근처에서 살아본 적은 없지만 아마도 '재치국 사이소' 하며 사투리로 재첩국을 팔던 오래전의 풍경이 저와 같지 않았을까 싶다.

골목을 빠져나가면 아직 잠에서 덜 깬 도시가 보인다. 버스는 드문드문 다니고, 행인은 더 드문드문하고, 노숙자들은 여전히 깊은 잠에 빠져 있다. 아직 도시가 한가할 때, 남보다 더 빨리 부지런한 사람들도 있다. 중싱루中興路의 중국은행 앞에서 홀로 태극권을 하는 사람이 보인다. 중싱루는 사오싱의 남북을 가로지르는 중심 도로이다. 이 작은 도시를 서울의 강남에 비교하기는 어려우니 강북의 광화문쯤으로 비교해보자. 말하자면 남자는 새벽녘 교보빌딩 앞에서 홀로 태극권을 하고 있는 셈이다. 태극권은 유별나게 진지해 보이는 운동이고, 새벽의 빛도 그러하고, 남자 역시 마찬가지다.

이제 도시는 빠르게 깨어나기 시작한다. 휴대용 오디오를 들고 공원으로 향하는 사람들이 보인다. 그리고 곧 두엇, 서너 명이 모여 음악에 맞춰 체조를 하는 모습이 보이기 시작한다. 이른 출근을 하는 사람들의 발걸음이 바쁘다. 아직 본격적인 러시아워가 되기 전이지만 도시는 활기를 띤다. 넓은 교차로에서는 교통 안내원이 일을 시작한다. 보행자 신호위반을 경고하는 표지판이 유독 눈에 띈다.

빨간불에 길을 건너면 벌금 이십 위안.

벌금치고는 참 적은 돈이다. 그러나, 예전에는 이런 경고도 없었다. 벌금이 없지는 않았겠으나, 그걸 공지하는 일은 없었다. 누구나 그냥 건넜고 누구나 그냥 건너는 사람들을 무시하며 차를 몰았다.

중국에서 살기 시작할 때, 제일 어려운 것 중의 하나가 길을 건너는 일

이었다. 건널목에서도, 녹색 신호에서도, 혼자서 길을 건널 엄두를 내지 못해 길 잘 건너는 동행이 생기기를 기다려야만 했었다. 길을 건너는 동안에도 차를 신경 쓰는 게 아니라 같이 길 건너는 사람의 뒤를 놓치지 않을까, 그것만 신경 썼다. 중국에서 길 잘 건너는 건 재주가 아니겠으나, 길 못 건너는 건 한심한 일임에 틀림없었다. 이제는 뭔가 좀 달라졌을까.

그럴 리가.

보행자 신호에 길을 건너는데 오토바이 한 대가 거의 내 뺨을 갈기듯이 달려 지나간다.

팔자교는 중심루에서 환청둥루环城東路 쪽 방향에 있다. 큰 길을 벗어나자 중심에서부터 골목으로 이어지는 거리가 나온다. 거리의 풍경은 보통의 중국 소도시에서 볼 수 있는 그대로의 풍경이다. 오래됐다기보다는 낡은 것들, 현대적이라기보다는 급히 만들어진 것처럼 보이는 것들이 서로 어울려 나름의 조화를 이루고 있다. 돌바닥과 높고 흰 담벼락과 검은 기와들. 그 좁은 골목에 주차되어 있는 상하이대중과 벤츠. 그리고 그 골목의 입구에 서 있는 오래된 천주교회. 그 천주교회 앞에서 잠시 걸음을 멈춘다.

중국에서 살 때 온갖 종류의 절과, 교회와, 선원과, 모스크에 갔었다. 절은 절이어서 좋고, 교회는 교회여서 좋은 것이지만, 그 앞에 중국이라는 단어가 붙으면 특별해졌다. 동양인의 얼굴을 한 성모 마리아와 붉은색 기둥이 서 있는 교회, 이슬람식 예배를 위해 넓은 회당을 품은 중국의 전통가옥인 모스크, 그리고 장작 대기 같은 향을 태우는 크고 압도적인 절들.

반면 사오싱의 천주교회는 평범하고 소박하다. 1903년에 설립된 교회란다. 겨우 백 년 남짓. 중국에서 백 년은 너무 짧은 시간이다.

그렇다면 내가 지금 찾아가고 있는 다리, 팔자교는 언제 세워진 다리일까. 천주교회를 지나치자마자 다리가 모습을 드러냈다. 그리고 다리를 만나는 순간, 다리의 나이 같은 것은 아무 상관이 없어졌다. 그 다리가 안고 있는 사연도 마찬가지다. 이 생동하는 다리를 뭐라고 표현해야 할까. 사오싱의 아침이 전부 여기에 있다. 그야말로 찬란한 아침이다. 당신이 상상할 수 있는 모든 풍경의 아침이 여기에 있다. 만일 당신이 상상하는 것들이 이런 것들이라면.

교복을 입고 학교에 가는 아이, 양치질을 하고 세수를 하는 노인, 쌀을 씻고 생선을 굽는 여인, 비질을 하고 대걸레를 빠는 청년, 전화를 받으며 바삐 출근하는 남자, 팔다리를 슬렁슬렁 뻗어가며 체조를 하는 중년……

이 모든 것이 다리를 둘러싼 풍경이다. 아이는 다리를 건너 학교에 가고, 노인은 다리 아래에서 양치한 물을 냇물에 뱉어내고, 여인은 냇가에 화덕을 내다 놓고 찻물을 끓인다. 청년은 대걸레를 냇물에 빨고, 중년은 그 곁에서 체조를 하고, 남자는 그들을 지나쳐 다리를 건너 출근길을 서두른다. 어느 집의 라디오에서 코미디언들이 만담하는 소리가 좁은 창문 너머로 울려 나온다.

팔자교는 사오싱에서 가장 유명한 다리다. 남송 시대에 지어진 이 돌다리의 역사는 팔백 년을 거슬러 올라간다. 기록에 의하면 1201년에 시작해 1204년까지 지었다. 팔자교가 유명한 것은 그 역사 때문만은 아니다. 오히려 그 아름다움 때문이다. 지금은 오랜 세월의 풍상에 마모되어 돌다리의 세부를 다 볼 수는 없지만 자태의 흔적은 남아 있다. 넓은 돌로 낮은 계단을 차곡차곡 쌓아 물을 건너게 만든 이 다리는 곡선과 직선으로 팔자八字를 그리고 있다. 그래서 이름도 팔자교가 된 이 다리는 세 갈래의 물이 만나는 지점에 세워졌다. 그냥 물을 건너는 다리가 아니라는 뜻이다. 물이 물과 만나 서로 편안히 흐르게 만든 다리라는 뜻이다.

그래서 이 다리의 아름다움은 편안함이다. 여전히 다리의 난간에 남아 있는 꽃잎새김들은 세월의 흔적을 드러내며 더 둥글어지고 더 편안해졌다. 낮은 계단들은 수백 년, 근 천 년 사람들의 발자국을 담아 더욱 낮고 더욱 부드러워진 것처럼 보인다. 그 다리의 난간을 타고 봄의 덩굴식물이 짙푸르게 자라나 있다. 그 밑을 흐르는 물은 짙은 푸른빛이다.

사오싱에 있는 물길들은 한 방향으로만 흐르지 않는다. 서로 각기 흐르다가 우연한 지점에서 만난다. 만났다가는 흩어진다. 그 물길을 따라 사람들이 산다. 그 사람들을 실어 나르기 위해 배가 다니고 그 배에는 사람들 살림살이에 필요한 화물이 또 실린다. 다리는 사람들을 건네주기도 하지만 배를 오고 가게도 하고, 무엇보다도 물과 물이 서로 충돌하지 않게 물길을 열어준다. 팔자교, 이 작은 다리는 물과 사람의 숨길이다.

그리고 팔자교 위에서 나는 그를 만난다. 콴. 어제는 다리 아래에서 만났는데 오늘은 다리 위다. 그는 다리 사진을 찍고 있다. 석주石柱. 다리의 기둥이다. 오랜 세월에 풍화되어 모서리가 다 둥글어진 기둥과 난간들은 아마도 연꽃의 모양을 품고 있었던 듯하다. 콴은 그 연꽃을 찍고 있다.

그는 내가 곁에 다가설 때까지도 사진에만 몰두해 있다. 나를 돌아보고는 얼른 환한 웃음을 띠는데, 그 잠깐 사이, 몰두와 웃음 사이, 그의 눈빛이 말하는 듯하다.

이 사람은 누구더라?

이 사람은, 한국에서 왔고, 이 사람은, 사오싱에 대해 글을 쓰고 있고……. 그러니까, 사오싱의 물과, 사오싱의 다리, 그런 것들, 사랑과 약속과 죽음과, 뭐 그런 것들……. 중국에 대한 내 추억, 그 추억을 잊고 살았던 시간들도 같이…….

어제 다리 아래에서 만났을 때 그에게 해주고 싶었던 말들이다. 물론 하지 못했다. 비가 쏟아지고 있었고, 운하의 물은 콸콸 소리를 내며 흐르고 있었고, 다리 위에서는 차들이 요란하게 달리고 있었다. 그러나 더 큰 문제는 나의 '미안한' 중국말과, 그의 '죄송한' 중국어. 빈약한 언어는 대화를 빈약하게 만들기 전에 먼저 핵심적으로 만든다.

그래서, 다리 아래에서 우리의 대화.

"실례합니다."

"네?"

"나는 기차역이 어디에 있는지를 알고 있습니다."

"아, 그렇습니까."

잠시 민망한 시간이 흐른 후,

"사실은 나도 중국인이 아닙니다."

"아, 그렇습니까."

그리고 이어지는, 회화책 수준의 대화. 당신은 어느 나라 사람입니까, 당신은 무슨 일로 여기에 왔습니까, 아, 그렇습니까, 당신은 여기에 얼마 동안이나 있었습니까, 아, 그렇습니까, 당신은 이곳이 좋습니까?

다시 민망한 시간이 흐르고, 비는 여전히 내린다. 그리고 그가 말한다. 아, 나는 콴입니다. 아, 그렇습니까. 나는 렌슈입니다. 또박또박한 발음과 공들인 성조로 우리는 그렇게 통성명을 한다.

렌슈는 나의 중국어 이름이면서 나의 한국어 이름이기도 하다. 한자로 쓰인 내 이름을 중국어 발음으로 읽을 때 입 밖으로 나는 소리가 렌슈renshu. 콴은 일본인이라고 했다. 다반 출신의 일본인. 다반이 오사카의 중국어 발음이라는 걸 나는 알고 있다. 자신이 사는 곳을 중국어 발음으로 말하는 이 친구, 이름도 아마 마찬가지일 것이다. 중국어를 배울당시 폴이었던 호주 친구는 바올루保羅라고 불렸다. 데이빗은 다웨이大衛였다. 콴의 진짜 일본어 이름은 어떤 발음을 가지고 있을까. 나는 내가 아는 이름들을 떠올려본다. 오사무, 겐지, 야스나리, 슈헤이……. 그 중의 어떤 이름이 콴이라고, 비슷하게나마 발음될 수 있는 것인지 나는 알지 못한다.

여전히 비는 그치지 않는다. 그가 문득 말한다. 팔자교에 가봤습니까? 팔자교는 정말로 아름답습니다. 아, 그렇습니까. 그렇다면 나는 팔자교에 반드시 가보겠습니다. 네, 당신은 그러셔야 합니다. 나는 팔자교에 이미 가보았지만 내일 아침에 또 갑니다.

당신은 기차역에 가지 않습니까?

기차역은 오늘 갑니다. 팔자교에는 내일 아침에 갑니다.

이상한 동선이다. 기차역에 먼저 가고 팔자교는 나중에 간다니. 그러나 기차역은 떠나기 위해서만 가는 것은 아닐 터. 콴은 누군가를 마중하기 위해 기차역으로 가는 것일지도 모르겠다. 그렇다면 팔자교에는 그 누군가와 함께 가겠네.

그런데도 나는 묻는다. 당신은 내일 아침 몇 시에 팔자교에 갑니까? 진심으로 말하건대, 절대로 궁금해서가 아니다. 회화책 수준의 대화를 나누다 보면, 챕터 한 장이 끝나기 전까지는 그걸 멈출 수가 없을 때가 있다. 그뿐이다. 게다가 초급 회화책에서는 늘 이유 없이 시간을 묻는다. 당신은 몇 시에 학교에 갑니까. 지금은 몇 시입니까. 수업은 몇 시에 끝납니까. 당신은 몇 시에 상점에 갔었습니까. 왜? 도대체 왜 물어보는 건데? 따져 묻고 싶어지게 만드는 질문들. 그리고, 나 역시……

아무튼…….

쓰차오거十橋歌라는 게 있다. 첫 번째 다리는 대목교, 두 번째 다리는 봉의교, 세 번째 다리는 삼족교, 네 번째 다리는 사롱교, 다섯 번째 다리는 오릉교······一唱大夫橋, 二唱鳳儀橋, 三唱三足橋, 四唱泗龍橋, 五唱五陵橋, 六唱六安橋, 七唱戴坊橋, 八唱八字橋, 九唱酒務橋, 十唱日暉橋, 石墩橋. 이런 노랫말을 가진 구전 동요다. 짐작하겠지만, 숫자와 다리 이름을 연결해서 만든 노랫말이다. 일번으로 큰 대 자를 썼다. 그다음부터는 숫자와 다리 이름의 발음이 일치하는데, 일곱 번째 다리에 이르러 사투리로 발음을 일치시킨 것이 재밌다. 즉 일곱 번째 다리인 지팡차오의 지jī는 사오싱 사투리로 읽어 칠의 치qī가 되는 식이다. 열 번째 다리는 원래 이름이었던 석격교가 일본 침략 이후 일군교로 바뀐 경우다.

팔자교는 당연히 여덟 번째에 있다. 이 여덟 번째 다리는 노래 속의 다리가 되고, 이야기 속의 다리가 되고, 삶 속의 다리가 된다. 그리고 사오싱에서 가장 유명한 다리가 된다. 이 일대는 사오싱의 펑징구風景區, 즉 관광특구로 지정되어 있다.

한국의 많은 관광지가 그런 것처럼, 중국의 관광특구도 지나친 난개발과 유난스러운 홍보 구조물과 관광상점들로 인해 차라리 안 가보느니만 못한 데가 많다. 그런데 팔자교 펑징구, 여기 놀랍다. 그 흔한 소품가게도, 선물가게도, 커피숍도 보이지 않는다. 그저 보통의 사람들이 보통으로 살아가는 삶이 있을 뿐이다. 관광객으로서 관광지를 둘러보는 게 아니라 이방인으로서 난데없이 남의 동네에 뛰어든 기분을 느끼게 할 정도다. 물가에는 빨랫줄이 걸려 있고, 빨랫줄에는 빨간색 속옷이 걸려 있다. 찻물을 끓일 화덕에서는 불이 활활 타오르고 있고, 주전자는 생활의 그을음에 찌들어 새까매져 있다. 여기는 그냥 사람이 사는 동네다. 그런데 왜 아름다운가. 사람 사는 동네는 어디에나 있는데, 여기는 왜 아름다운가.

아마도 이곳에서 보여주는 것이 경계의 지점이기 때문이어서는 아닐까, 생각해본다. 지나간 세월과 앞에서 달려오는 시간의 경계, 그러나 그 사이에서 조용히 흘러가는 작은 물길 같은 삶. 잃어버린 것과 잃어버릴 것들에 대한, 고즈넉한 향수, 그러면서도 생동하는 삶, 그런 것들 말이다.

여기, 팔자교가 아니었다면, 그 팔자교의 아침이 아니었다면, 오래되어 마모된 돌다리를 건너 학교에 가는 체육복 차림의 아이들이 아니었다면, 그리고 양칫물을 냇물에 태연히 뱉어내는 노인이 아니었다면, 나는 사오싱을 완전히 사랑할 수는 없었을 것이다. 중국이 얼마나 요란한 나라인지를 알기 때문에 더욱 그러하다. 이 소박함이, 아침햇살에 빛나는 이 소박한 아름다움이, 내게는 완전하게 여겨졌다.

그리고 콴, 이곳에는 콴이 있다. 많은 멜로 영화에서 주인공들은 여행지에서 연인을 만난다. 영화 속 주인공들은 늘 운이 좋다. 별별 이상한 상황에서 이상하게 만나서는 이상하게 사랑에 빠진다. 그리고 상대방은 어떤 방식으로든 치명적으로 아름답다. 생긴 것이든, 가진 것이든, 아니면 남다른 상처일지라도. 현실은 그렇지 않다. 절대로 그렇지 않다. 우연은 좀처럼 일어나지 않는다. 여행지에서 일어나는 일은 지갑을 잃어버린다거나, 핸드폰을 도둑맞는다거나, 예약한 숙소가 생각보다 훨씬 형편이 없다거나 그런 일들이다.

사오싱에서 내겐 아직 운 나쁜 일이 없었다. 콴이라는 일본인과 친구가 된다면 그건 운이 좋은 일에 속할 것 같다. 멜로 영화를 꿈꿀 나이는 아니다. 낯선 곳에서 낯선 사람과 낯선 대화를 나누는 상상을 해볼 뿐이다.

아, 당신이군요.

비로소 나를 기억해낸 콴의 웃음이 다정하다.

팔자교는 정말로 아름답지요?

정말로 그러네요.

그런데, 나는 이제 그만 가봐야 해요.

…….

나는 오늘 일본으로 돌아가요.

…….

짜이찌엔再見.

팔자교는 저둥운하浙東運河의 물길과 함께 놓여 있다. 사오싱은 예로부터 자기와 비단, 그리고 차와 황주로 유명한 곳이다. 돛을 높이 단 배가 자기와 비단을 가득 싣고, 차의 향긋한 냄새와 황주의 취할 듯한 술 냄새를 풍기며 손닿을 듯이 가까운 거리에서 지나가는 것을 상상해본다. 사공의 노래가 낭랑하다. 내가 들어본 중국 전통 노래들은 다 낭랑하고,

오래된 사공의 뱃노래도 마찬가지다. 바람이 불어 돛이 한껏 부풀려지고, 청년 사공들의 팔뚝에는 힘줄이 솟고, 다리를 건너며 사공을 향해 눈웃음 짓는 여인들은 아름답다. 그로부터 근 천 년, 무엇이 달라졌을까. 많은 것이 달라졌고 어쩌면 모든 것이 달라졌겠지만, 팔자교는 여전히 거기에 있다.

중국의 인사말은 짜이찌엔. 잘 있어라, 잘 가라는 말 대신 다시 보자는 말. 언젠가는, 다시 보자는. 씨유, 씨유 순, 씨유 어라운드. 그러면 언제? 언제 다시? 어디서? 때로는 다급하게 묻고 싶어지는 인사말. 그러나 대부분은, 그 뒤끝을 길게 늘여, 마음속에 담아두고 싶어지게 하는 인사말. 그래서 짜이찌엔의 뒤에는 마침표 말고, 말줄임표를 쓸 것. 이렇게.

짜이찌엔…….

만 개의 다리의 시작

저둥운하는 닝보宁波에서 시작해 사오싱을 거쳐 항저우까지 이어지는 운하다. 이 운하는 징항운하京杭運河, 즉 항저우에서 베이징으로 가는 운하와 다시 이어져 수이탕운하隋唐運河와 함께 대운하라고 불린다. 대운하의 길이는 이천칠백 킬로미터에 이른다. 서울에서 부산까지가 약 사백 킬로미터이니, 서울과 부산을 일곱 번쯤 왕복하는 거리가 되겠다. 시속 백 킬로미터로 달리는 차로 가면 스물일곱 시간, 시속 삼백 킬로미터의 KTX로 가면 아홉 시간. 비행기로 가면 얼마나 걸리려나? 더 궁금한 건 돛 달고 노 젓는 배로 가면 그 길이 얼마나 걸렸을까, 이다.

몇 년 전에 베이징의 역사와 관련한 에세이집을 낸 적이 있는데, 그중에 소개했던 일화가 있다. 배와 운하에 관련된 것이다.

"운하가 완공된 것은 수양제 때의 일로 고구려 침공을 위해 물자와 군사를 운송하려는 목적이었다. 수양제는 고구려 침공에 실패를 하고, 그로 인하여 왕조는 멸망하였으나, 운하는 마르지 않고 남았다.

1860년대 메카트니 백작이 '대사선大使船'을 타고 베이징을 방문한 기록을 보면 상당히 흥미로운 부분이 있다. 베이징으로 가려면 대운하의 수문을 넘어야 했는데 배를 들어 올려서 넘어갔다는 점이다.

『베이징 이야기』를 쓴 린위탕의 기록이다. 수문을 열고 배가 지나가는 것이 아니라 배를 들어 올려서 수문을 넘어가는 풍경이라니…… 이것은 상상력의 부족이라고 해야 하나, 극치라고 해야 하나…… 하여간, 같은 중국인이 봐도 신기하긴 신기했던 모양이다."[1]

운하는 곳곳에서 작은 물줄기를 품어가며 큰 물줄기로 흘러간다. 그곳에는 제방도 필요하고, 부두도 필요하고, 다리도 필요할 터. 첸다오는 그중의 어느 하나, 혹은 그 모든 것의 총체다. 그리고 이것은 길이기도 하고 다리이기도 하다. 그래서 첸다오이기도 하고, 첸다오차오이기도 하다.

물 한가운데에 놓인 길은 다리가 되고, 다리는 다시 길이 된다. 첸다오의 첸은 한자로는 가늘 섬 자이기도 하고, 배를 끄는 밧줄, 뱃줄이라는 뜻의 동아줄 견 자이기도 하다. 첸다오는 딱 그 글자처럼 길고 단단

---

1   김인숙, 『제국의 뒷길을 걷다-김인숙의 북경 이야기』, 문학동네, 2008, 138~139쪽.

한 모습으로 운하 위에 놓여 있다.

첸다오가 사오싱에만 있는 것은 아니다. 운하가 있는 곳에는 어디에든지 첸다오가 있을 수 있다. 그러나 사오싱 커차오区柯橋區 소재의 첸다오만큼 그 원형을 갖춘 곳은 드물다. 물 위에 놓인 다리, 혹은 길은 물 저편으로 까마득하게 뻗어 있다. 마치 물속으로 걸어 들어가는 길처럼. 물의 중심에 닿기 위해서는, 그토록 오래 걸어가야 한다는 것을 알려주기나 하려는 것처럼.

그렇다. 냇가에 앉아 치마 걷고 발만 담그는 물이 아니다. 물의 중심에 이르려면 저 까마득한 길을 걸어야 하는 것이다.

무섭지 않은가. 나는 그랬다. 물길은 항저우로 가는 국도와 나란히 있어, 어디 숨어 있는 길도 아닌데, 물의 중심으로 혼자 걸어 들어가는 그 다리가 나는 무서웠다. 돌아 나가자니 걸어온 그 까마득한 길이 또 무서웠다. 여기서 빠져 죽을 수도 있겠구나, 싶었다. 과장이다. 빠져 죽을 만한 곳은 아니다. 실은 그만큼 겁이 났다는 뜻이다.

잠깐 얘기가 딴 길로 새겠지만, 잠시 하고 넘어가도록 하자. 언제부턴가 무서움을 잘 타는 사람이 되었다. 어려서는 겁이 많다는 소리를 들은 적도, 들을 일도 없었는데, 언제부턴가 그렇게 되었다. 높은 곳, 깊은 물, 울퉁불퉁한 바다, 빠른 속도, 안 보이는 뒤편, 귀신, 공포영화, 지나치게 큰 불상, 지나치게 큰 십자가, 미끄러운 비탈, 롤러코스터, 하늘 차······.

어느 날부턴가는 다리도 무섭기 시작했다. 사실, 다리는 아주 많이 무섭다. 사오싱에 이끌렸던 것은, 어쩌면 그곳의 다리들은 무섭지 않을 것 같아서였을지도 모른다. 틀린 생각이 아니었다. 사오싱의 다리는 운명을 건너는 다리보다는 일상을 건너는 다리들이었다. 나는 그게 좋았다.

그러나, 여기, 구첸다오古纖道는 다르다. 다리 중간에도 못 미쳐, 나아가지도 돌아가지도 못하겠는 나. 무섭다.

다리에 관한 몇 가지 기억들이 있다. 아주 한참 전, 해 질 녘, 홀로 육교에 서서 달리는 차들을 내려다보던 기억, 왜 그랬는지는 사연도 잊어버렸는데 그 막막한 마음만은 여전히 남아 있는 그 기억, 복잡한 기차역의 승강장을 못 찾아 이 다리를 건너고 저 다리를 건너고 다시 또 건너며 그만 어디로도 떠나지 못할 것 같아 아득해지는 마음이던 기억, 낯선 여행지의 짐작하지 못했던 곳에서 만난 다리 앞에서 건너야 할까 말아야 할까, 물끄러미 바라만 보고 있던 기억……

그리고 골든 게이트 브리지도 있다. 금문교. 몇 년 전, 몇 달 동안 샌프란시스코 근방에서 머문 적이 있다. 금문교는 도시의 상징답게 도시 어디에서나 고개만 돌리면 불쑥불쑥 모습을 드러내곤 했다. 대부분은 안개에 반쯤 모습을 감춘 채로, 그래서 더 고혹적으로 보이는 붉은빛의 다리였다. 그 다리를 건널 때마다 바람이 몹시 불어 자주 난간을 붙잡아야 했었다.

다리는 수많은 영화의 배경이기도 하다. 영화 〈혹성탈출: 반격의 서막〉에서 인간과 고릴라들의 전투가 벌어졌던 다리가 바로 이 다리다. 건너가야만 하는 고릴라들, 그걸 저지해야만 하는 인간들의 싸움은 스펙터클하고 처절하다. 그들이 건너야 하는 것이, 혹은 저지해야 하는 것이 다리를 넘어 경계이기 때문일 터이다. 인간과 인간이 아닌 것의 경계, 인간인 것과 인간일 수 없는 것과의 경계, 인간이기만 한 것과 인간이어야 하는 것의 경계……. 사실 그 영화의 전투 장면은 고릴라와 인간, 즉 종과 종 사이의 투쟁이 아니라 인간과 인간성 사이의 진부한 싸움이라 할 만하다.

영화 〈샌 안드레아스〉는 지진, 즉 판타지가 아닌 현실에서 일어날 수 있는 리얼한 공포를 보여준다. 무너지는 세상, 그때 당신은 다리 위. 그야말로 절체절명의 공포다. 샌프란시스코는 실제로 지진이 일어나는 단층 지역에 있고, 샌 안드레아스는 그 단층을 명명하는 이름이다. 1906년에 리히터 규모 8.5의 대지진이 일어난 바 있다. 로마프리타 지진이라고 알려진 1989년 지진도 샌프란시스코를 강타한 지진이었다. 금문교는 물론, 다행히도, 무너지지 않았다.

아주 오래전 영화도 있다. 히치콕의 〈새〉. 어느 날 갑자기 새들이 인간을 공격하는 영화. 이 영화의 촬영지가 샌프란시스코에서 차로 달려 한 시간쯤 거리에 있는, 보데가 베이Bodega Bay다. 히치콕은 이 영화의 엔딩으로 금문교가 새들로 가득 덮이는 장면을 구상했지만, 자본 문제로 포기를 했다고 한다. 〈새〉는 1963년 영화다. 컴퓨터 영상 처리 같은 건 물론 없었다. 그런 시절에 어떻게 그런 영화가 가능했을까? 그런 시절에 어떻게 금문교를 새들로 가득 덮는 엔딩 장면을 상상할 수 있었을까?

히치콕은, 그야말로 히치콕이다. 그렇게밖에는 말할 수가 없을 것 같다.

그리고 다큐멘터리 필름 〈더 브리지The Bridge〉가 있다. 이 다큐멘터리는 자살자들의 기록이다. 이른바 점퍼jumper. 다리에서 몸을 던져 스스로 목숨을 끊는 사람들. 감독 에릭 스틸은 2004년 한 해 동안, 그러니까 365일 동안 금문교를 원거리에서 촬영했다. 거의 만 시간에 가까운 촬영이었다고 한다. 그리고 그 한 해 동안 금문교에서 뛰어내린 스물네 명의 자살 시도자 중 스물세 명의 투신 장면을 촬영했다. 영화는 금문교의 전경으로부터 시작해 다리 아래에서 요트를 즐기는 사람들의 풍경으로 넘어간다. 생의 아름다운 순간들의 풍경이다. 캘리포니아, 햇살, 바다, 그리고 요트.

그리고 죽음, 그 사실적인 기록과 인터뷰들. 고백하건대, 나는 이 다큐멘터리를 끝까지 볼 수 없었다. 너무 무서워서였다. 이 글을 쓰기 위해 다시 한 번 필름을 플레이하려다가 포기했다. 처음 이 필름을 봤을 때의 감정이 여전히 생생했다.

이 다큐멘터리는 촬영 과정 중 윤리적이고 도덕적인 장치들을 최대한 마련했다. 예컨대 자살 시도자를 발견하면 곧바로 경찰에 알릴 것이라든가, 촬영보다 먼저 자살 방지가 우선이어야 한다는 등의 강령들. 그럼에도 불구하고 이 작품은 윤리적인 비판을 받았다. 이 작품이 받아야 했던 비판에 대해서 나는 전적으로 찬동하지는 않는다. 나를 무섭게 만든 것은 그런 게 아니라, 작품 밖이 아니라 작품 속의 시선들이었다. 자살자의 시선, 자살자를 바라보는 시선……, 그런 것들.

"왜 그는 다리를 선택했을까요? 나는 모르겠어요……. 아마도 그는 단 한 번만이라도 날고 싶었던 게 아닐까요?"

인터뷰에 응했던 한 자살자 친구의 말이다. 날고 싶었을까, 추락하고 싶었을까. 그건 누구도 모를 일이다.

다시 사오싱의 구첸다오. 이 다리는 날 수 있는 다리가 아니다. 걸어 들어가는 다리이다. 물의 중심으로 뻗어가는 저 막막한 돌다리를 보며, 나는 「공무도하가」를 떠올린다.

공무도하公無渡河
공경도하公竟渡河
타하이사墮河而死
당내공하當奈公何

임은 물을 건너지 마오
임은 그예 물을 건너시다가
물에 빠져 돌아가시니
이제 임을 어찌하겠습니까

날은 덥고, 곧 비는 쏟아질 것 같고, 바로 옆 국도에서는 트럭들이 마구 달리고 있고, 버스 정거장은 어디인지 몰라 걱정되는데……. 구첸다오 위에서 나는 무섭다가 외롭고, 외롭다가 무서워진다. 콴이 있었으면 좋겠다. 오사카에서 왔다가 오사카로 돌아간 콴. 짜이찌엔 콴, 인사했으니 언젠가는 어디에선가 다시 만나게 될 콴. 그는 여기에도 와봤었을까? 여기에서도 허리를 숙여 사진을 찍었을까.

구첸다오는 사오싱의 중심에서 버스를 타고 한 시간가량 걸리는 도시 외곽에 있다. 버스 요금도 시외 추가 요금을 내야 하고, 보기 드물게 버스 안에는 요금을 수령하는 차장도 있다. 아가씨도 있고, 아줌마 차장도 있다. 차장은 차장답게 버스 창문을 열고, 항저우 갑니다, 항저우 가요! 오라이, 스톱, 창밖으로 외친다. 승객들이 전부 탄 후에는 마이크를 잡고 목소리를 다듬어 안내방송을 한다. 구첸다오가 있는 대충의 위치만 알고 커차오에 간다고 했더니, 차장 아가씨가 정류장 이름을 대라고 짜증 섞인 목소리를 낸다. 짜증을 부린 게 아닐지도 모른다. 중국말은 잘못 들으면 그렇게 들린다. 내 기분이 좋을 때는 입안에서 달콤한 사탕이 녹는 것처럼 애교스럽게 들리지만, 기분이 그렇지 않을 때는 껌을 씹듯이 딱딱 내뱉는 것처럼 들린다. 더 기분이 안 좋을 때는 욕처럼도 들린다.

그날 기분은 중간 정도. 버스 정류장의 위치를 찾느라고 애를 먹었다. 지도는 스마트하지만 아직 스마트하지 못한 나는, 좌우, 앞뒤, 동서남북을 구분하지 못해 애를 먹는다. 그까짓 다리, 사진으로 보고 말지, 거의 포기하려던 찰나에 버스 정류장을 찾았다. 커차오 갑니다, 커차오 가요! 버스 차장이 거의 상반신을 다 내밀고 악을 쓰고 있었다.

시내버스와는 다른 버스, 아직도 차장이 요금을 받는 버스에서는 그러나, 아이패드를 들고 전자책을 읽는 이십 대가 있다. 핸드폰 얘기야 굳이 해서 무엇 하랴. 빛의 속도로 핸드폰 채팅창에 글자를 찍어대고 있는 십 대 옆에는 보따리를 수북하게 갖고 있는 아낙도 있다. 그 보따리 안에서 암탉 한 마리가 머리를 내밀기라도 할 것 같다.

상하이에서 떠나올 때부터 사오싱이 이럴 줄 알았었다. 상하이에서 사오싱으로 올 때 시외버스를 탔던 촨샤川沙터미널이 꼭 이랬다. 감지 않은 머리가 떡이 진 아저씨와 최신 유행의, 그러나 값비싸 보이지는 않는 옷을 입은 이십 대가 같이 앉아 있었다. 승강장으로 들어오는 어떤 버스는 타고 싶지 않을 만큼 낡아 보이고, 어떤 버스는 '우와' 소리가 나올 만큼 좋아 보였다. 버스 안에서는 TV 방송이 계속 상영되었는데, 우리나라 〈스타킹〉 같은 프로그램인가, 사람 말을 하는 개가 등장을 해서 중국어로 '엄마, 엄마' 부르는 바람에 내가 입을 딱 벌린 채 눈을 떼지 못했었다.

구첸다오로 가는 버스는 물길을 쫓아 달린다. 물길을 감추었다 드러냈다 하면서 달린다. 시내의 물길들이 좁고, 바로 내 집 마당에서 흐르는 냇물인 것처럼 보이는 것과는 달리, 외곽의 물길은 운하의 장중함을 드러낸다. 이 운하는 여전히 살아 있는 운하이다. 여전히 교통수단으로 이용된다는 뜻이다. 그러나 과거와 같지는 않을 터이다. 이날 배는 보이지 않는다. 대신에 고요히 흐르는 물이 자신의 무게를 한껏 드러내고 있다. 이 물길이 바로 저장운하의 중심이다.

그리고 이 물길을 좇아 달리는 길은 칭팡청다다오輕紡城大道. 칭팡은 방직을 뜻한다. 지금은 국도, 혹은 산업도로를 좇아 방직 산업이 유지되고 있겠지만, 오래전에는 물길이 그 구실을 대신했을 것이다. 근동은 비단으로 유명했다. 그러니 비단을 잔뜩 실은 배가 이 물길을 좇아 바삐 오갔을 것이다. 절세의 미인으로 회자되는 서시, 그 서시의 집이 이 물길을 좇아가는 곳에 있었다. 혹시 아시려나? 서시는 비단 짜는 집의 딸이었다.

버스를 갈아타기 위해 중간에서 내렸다가 갈아타야 하는 정거장을 못 찾았다. 마침 인력거가 앞에 서서 승객을 내려주고 있었다. 구첸다오가 거기에서 멀지 않을 것 같아서 인력거 차부에게 타도 되느냐 물었으나 말이 안 통했다. 온갖 성조를 다 섞어서 구첸다오를 발음해 봐도, 차부의 얼굴은 요령부득, 이해불가라는 표정일 뿐이다. 결국, 쏸러算了! 관두자, 는 말이다. 차부가 혼자 중얼중얼, 저 여자, 뭐라는 거야, 그러면서 빈 인력거를 몰고 떠났다.

구첸다오는 정작 거기서부터 두 정거장 거리에 있었는데, 그곳에 이르러서야 차부가 왜 그랬는지를 이해할 수 있었다. 아아, 이 다리, 이 물길 참 길구나. 이 다리, 이 물길의 어디쯤에 데려다 달라고 말하는 건 줄 몰랐겠구나. 말하자면 그렇다. 서울의 어디쯤에서 택시를 타고, 한강대교 가주세요, 한 꼴이겠다. 택시 기사는 물었겠지, 한강대교 어디요? 그냥 한강대교요. 아니, 한강대교 어디를 말하는 거냐고요? 그냥 한강대교라니까요.

다리에는 표지석이 서 있고, 그 입구에는 작은 정자도 있다. 표지석에는 약 천삼백 년 전 당나라 중엽부터 세워지기 시작한 이 다리가 최장 7.5킬로미터에 이르렀었다고 적혀 있다. 이쯤에서는 다리라고 말하면 안 될 것 같다. 길이라고 하자. 그러나, 이 길은 이제 항저우 샤오산蕭山에 약 삼백오십 미터, 그리고 사오싱의 커차오에 약 오백 미터 정도로만 그 흔적이 남아 있다. 흔적은 남아, 길이 다리가 되었다.

표지석도 있고, 정자도 있고, 아름다운 물길도 있지만 사람은 보이지 않는다. 오래전, 수많은 배들이 운하를 가득 덮고 있던 시절, 운하가 물과 다리보다 배와 사람들로 흥성하던 시절의 풍경을 상상하기가 쉽지 않다. 다리의 역사와 길이에 대한 기록은 무덤덤하게 다가온다. 그러나 기록은 문학으로 살아 남겨진다.

루쉰魯迅의 소설 「마을 연극社戲」을 보자. 외갓집에 놀러 왔다가 동네 친구들과 굿 구경을 가는 소년 루쉰이 이 소설 속에 있다. 달밤에 배를 저어 가는 소년 루쉰의 시선을 좇아 나도 백여 년 전의 그 물길을 달려 본다.

달빛 아래, 지붕이 하얀 배가 매어져 있는 것이 보였다. 우리들은 그 배로 뛰어올랐다. 쑤앙시双喜가 뱃머리의 삿대를 빼들고 아파阿發가 뒷전의 삿대를 빼들었다. 배가 움직이기 시작했다. 다리의 돌기둥에 부딪치자 배는 몇 자쯤 뒤로 물러섰다가 그 길로 곧장 전진해서 다리를 빠져나갔다.

양 언덕의 콩과 보리, 강바닥의 수초에서 풍기는 상큼한 향기가 축축한 공기에 섞여 정면에서 불어오고 있었다. 달빛은 이 물기 속에서 아련히 흐려 있었다. 거무칙칙하게 굽이친 산들이 마치 용수철로 된 짐승의 등처럼 멀리멀리 배 뒷전으로 달려갔다.

불빛이 다가왔다. 아니나 다를까 고깃배의 불이었다. 나는 비로소 조금 전에 보았던 불빛이 자오씨 마을이 아님을 알았다. 그것은 뱃머리 맞은편에 있는 소나무 숲이었다. 그 소나무 숲을 지나자 배는 방향을 바꾸어 포구로 들어갔다.

제일 먼저 눈에 띈 것은 마을 밖 강가의 빈 터에 높이 솟아 있는 무대였다. 흐릿하게 멀리 달빛 속에 있어 하늘과의 경계를 분간할 수 없었다. 나는 그림에서 본 일이 있는 신선 세계가 여기에 나타난 것인가 의심했을 정도였다. 배는 더욱 빨라져서 조금 후엔 무대 위에 사람의 모습이 나타나 울긋불긋 움직이는 것이 보였다. 무대 가까운 강에 가득 있는 시커먼 것들은 굿을 구경하러 온 사람들이 타고 온 배의 지붕들이다.

"무대 근처는 빈자리가 없을 테니, 우리는 멀리서 구경하자."

아파가 말했다.[2]

물이 있고, 물길이 있고, 배가 있고, 뱃길이 있는 곳에서는 굿을 빼놓을 수 없다. 물을 다스리고 배를 다스리는 것은 사람이 하는 일이 아니라 귀신이 하는 일. 달래고 어르고 당부하고 빌고, 그 모든 걸 하는 것이

2 루쉰, 「마을 연극社戲」, 『루쉰 소설 전집』, 김시준 옮김, 을유문화사, 2008, 225~227쪽.

굿이다. 귀신만 달래는 게 아니라 사람도 달래니, 노래가 되고 춤이 되고, 극이 되고, 울음이 되고, 그러다가 삶이 된다. 좌판이 서고, 구경꾼들끼리 싸움이 나고, 누군가는 홀로 그저 서럽게 운다. 소년 루쉰은 그 밤에 바로 그 굿판을 구경하러 간 것이다.

그 시절에 굿은 축제, 가장 떠들썩한 잔치, 춤과 노래와 연극이다. 중국에서는 아니지만 한국에서 몇 차례 바닷가에서 열리는 굿을 본 적이 있다. 아주 오래전, 동해에서 봤던 별신제. 밤을 새고 새고 또 새워 거의 일주일가량 이어지던 굿이었다. 내가 밤을 새웠던 날은 굿의 끝 무렵. 만신들도 지치고 구경꾼들도 지쳤다. 그래서 고즈넉한 밤, 만신이 조용조용 심청굿의 한 자락을 부르고, 차양 아래 쪼그려 앉은 할머니들은 조용조용 울었다.

소년 루쉰이 달밤에 굿을 보러 갔던 건 낮에 굿판에 갈 배를 놓쳤기 때문이었다. 그리하여 굿판의 풍경은 내가 아주 오래전에 보았던 동해안 별신굿의 풍경을 연상케 한다. 구경꾼들의 마음이 안으로 젖고, 귀신의 마음도 안으로 젖을 것 같은 밤, 소년은 결코 그 마음을 알지 못했으리라. 그러나 오랜 세월이 흘러, 위대한 대문호가 되고 혁명가가 되었을 때, 루쉰은 다시 그 시절을 기억했다. 그때는 미처 알지 못했으나 이미 그때부터 안으로부터 젖지 않으면 안 되었던 마음까지.

루쉰에게 가는 다리

인생에는 다섯 가지 맛이 있다. 오만 가지쯤 있어야 마땅할 것 같으나, 그 기본은 어떻든 다섯 가지 맛이다. 쓰고 짜고 맵고 달고 시고. 인생은 이 중의 어느 한 맛이 아니라 이 모든 맛이 한꺼번에 뒤섞인 맛일 터. 어지러운 시대의 인생은 더욱 그러했을 것이다.

식초, 소금, 황련, 구등, 설탕. 사오싱에서는 아이가 태어나면 이 다섯 가지 맛을 먼저 보인 후에 젖을 물리는 풍습이 있었다고 한다. 황련은 연꽃의 뿌리로 겨자 같은 맛이 난다고 하니 그래서 매운맛을 맡은 모양이고, 구등은 쓴맛이 나는 약재인 모양이다. 이 다섯 가지 맛을 보여야 아이가 성장하면서 미래의 복잡다단한 역경을 헤쳐 나갈 힘을 얻게 된다고 믿는 풍습이란다.

루쉰은 사오싱에서 태어났고 그가 태어나자마자 배운 것 역시 바로 이 다섯 가지 맛이었을 것이다. 이 이상한 맛들을 통과한 후에야 입에 넣을 수 있었던 어머니의 젖 맛은 어땠을까. 첫맛은 아마도 달콤했을 것이다. 조부가 중앙정부의 고급관리였던 만큼, 루쉰이 태어나던 당시 대가족으로 이루어진 집안은 흥성하고, 유복하고, 부족할 것이 없었다. 그러나 바로 그 조부가 과거시험 부정과 관련하여 투옥되면서 가세는 걷잡을 수 없이 기울어간다. 와중에 심약한 부친이 원인 모를 병고에 들자, 조부의 옥중 비용과 부친의 약값으로 집안은 완전히 거덜 나는 지경이 되어버린다. 루쉰의 나이 열두 살 때부터 시작된 몰락이었다.

이 시절에 관해서 루쉰은 그의 글 「자서自序」에 이렇게 썼다.

오래전에 나는 4년여 동안 언제나—거의 매일 전당포와 약방을 들락거렸다. 몇 살 때인가는 잊었지만, 아무튼 약방 계산대는 내 키만큼 높았고, 전당포의 계산대는 내 키의 갑절이나 높았다. 나는 내 키의 갑절이나 되는 계산대 안으로 의복과 장신구를 밀어 넣고 모멸 속에 돈을 받아 든 뒤 다시 내 키만큼 높은 한약방의 계산대로 가 오랫동안 병으로 앓고 계신 아버지에게 약을 지어 갖다 드렸다. 집에 돌아오면 또 다른 일로 바빴다. 왜냐하면 약 처방을 해준 의원은 아주 유명한 분이었는데, 그래서 그런지 필요한 보조약도 아주 기이한 것들이었기 때문이다. 한겨울의 갈대 뿌리, 3년간 서리 맞은 사탕수수, 교미 중의 귀뚜라미, 열매 맺은 자금우紫金牛 나무 등…… 모두가 구하기 쉽지 않은 것들이었다. 그러나 아버지는 날로 위중해지시더니 결국 돌아가시고 말았다.

누구든지 먹고 살만하던 사람이 갑자기 몹시 어려운 처지로 떨어지게

된다면, 이 몰락하는 과정에서 세상 사람들의 참모습을 볼 수 있을 것이다.[3]

마지막 구절이 의미심장하다. 과연 그렇지 않겠나. 루쉰은 고향을 떠나야 했고, 학비 문제로 보조금이 제공되는 신학문을 선택해야 했고, 일본에까지 이르게 되었고, 의학을 공부하게 되었다.

> 나의 꿈은 아름다움에 차 있었다. 학교를 졸업하고 귀국하면 나의 아버지와 같이 잘못된 치료를 받는 병자들의 고통을 구하고 전쟁 시에는 군의가 되리라.[4]

그러나 그 소박하고 아름다운 꿈을 이루기에 그의 시대는 훨씬 더 복잡하고 더 가혹했다. 일본에서 겪어야 했던 중국인 청년의 모멸과 분노와 깊은 상처를 상상해보기는 어렵지 않다. 유학 2학년 수업 도중 환등기로 시사 관련 필름을 보게 되었는데, 러일전쟁 시기 러시아의 간첩 활동을 하던 중국인이 일본군에게 참수를 당하는 장면이 포함되어 있었다. 루쉰을 충격에 빠뜨린 것은 참수를 당하는 중국인보다 그렇게 죽어가는 자신의 동포를 무감각하게 바라보고 있는 다른 중국인들이었다.

'무릇 우매한 국민은 체격이 아무리 멀쩡하고 건장하더라도 하잘것

3 루쉰, 「자서自序」, 『루쉰 소설 전집』, 김시준 옮김, 을유문화사, 2008, 9~10쪽.
4 위의 책, 11쪽.

없는 본보기의 재료나 과녁이 될 수밖에 없으며', '우리들의 첫 번째 중요한 일은 그들의 정신을 고치는 데 있'고, 그러기 위해서는 문예 운동을 해야 한다고 루쉰은 생각했다. 위대한 작가의 탄생이 시작되고 있는 것이다. 다섯 가지 인생의 맛을 먼저 보고서야 어미의 젖을 먹을 수 있었던 루쉰은, 이제 다섯 가지, 아니 오만 가지 세상의 쓴맛을 맛보았고, 앞으로 오십만 가지의 쓴맛을 더 맛보기 위해, 세상의 문을 열었다.

오늘날 사오싱의 중심은, 루쉰고리魯迅故里. 루쉰의 생가와 루쉰의 유년시절 정원과, 루쉰이 다니던 서당들이 밀집해 있는 지역을 기념 지역으로 만든 곳이다. 이곳에는 또 「아큐정전阿Q正傳」의 배경이 되는 투구츠土谷祠가 있고, 「쿵이지孔乙己」의 배경이 되는 셴헝지우디엔咸亨酒店도 있다.

내 숙소는 바로 그 셴헝주점. 중국어로 주점은 식당이기도 하고 호텔이기도 하고 술집이기도 하다. 루쉰의 소설 「쿵이지」에 나오는 술집 셴헝주점은 가난한 노동자들이 와서는 목로에 기대어 싼 술을 마시고, 부자들이 와서는 내실로 들어가 비싼 요리를 시켜 먹는 술집이다. 내 숙소는 바로 그 셴헝주점을 재현, 혹은 복원해 놓은 곳이면서, 같은 이름의 부설 호텔이기도 하다.

호텔은 이름값을 한다. 사오싱의 중심, 사오싱의 자존심, 루쉰의 셴헝주점. 호텔은 현대적이고 잘 관리되어 있으며 중국의 전통과 지역적 특색을 살린 인테리어가 돋보인다. 그러나 어쩐지 사오싱 같지 않은 호텔.

그렇더라도 나는 굳이 사오싱스러운 숙소를 선택할 마음은 없다. 여행은 편하고 아름다워야 하고, 숙소는 쾌적해야만 한다. 어쩌다 보니 수많은 곳을 여행했고, 경우에 따라 아주 싼 숙소를 선택하지 않으면 안 될 때도 있었다. 2성급 호텔만 찾아 온 도시를 뒤지고 다닌 적도 있고, 단체여행이라 선택의 여지도 없이 욕조에서 녹물이 나오는 숙소에서 여섯 명이 함께 잔 적도 있다. 난 싫다. 사오싱에서는, 그러지 않을 작정이다.

그리고 잘 먹기로 한다. 잘 먹는 것은 중국여행의 즐거움, 특히 남방여행의 즐거움이 아닌가. 그러나 고백하건대, 중국에서 살 당시에는 중국음식을 그다지 좋아하지 않았었다. 중국음식은 내게 너무 기름지거나 자극적이거나, 무엇보다도 양이 너무 많았다. 살면서 내리 찾아 챙겨 먹을 음식은 아니었다. 다만 외식은 언제나 즐거웠다. 좋아하는 음식과 좋아하는 식당과 좋아하는 사람, 그리고 백주 한 잔. 백주는 중국에서 살면서 좋아하게 된 술이다. 그전에는 그 독특한 향이 거슬렸었다.

사오싱은 백주가 아니라 황주의 본고장이다. 여기가 바로 그 유명한 소흥주의 바로 그 소흥, 사오싱인 것이다. 그러나 소흥주든 백주든, 그런 술 이야기는 좀 더 나중에 하자. 나는 맥주를 좋아하고 그중에서도 칭다오 맥주는 내가 아주 좋아하는 맥주다. 시원한 칭다오 맥주 한 잔을 먼저 마신 후에야 다른 술 이야기로 넘어갈 수 있겠다.

칭다오 맥주 역시 중국에서 살면서 좋아하게 된 술이다. 그 술을 나는 실온으로 처음 마셨다. 내가 다롄에서 살았던 2002년 무렵만 해도 맥주를 냉장고에 넣어 파는 상점이 많지 않다. 식당에서는 찬 걸로 주세요, 라는 말을 반드시 해야만 했다. 그렇지 않으면 상온에서 보관된 맥주가 당연하게 나왔다.

시원하지 않은 맥주라니. 맥주는 시원한 맛으로 먹는 게 아닌가. 그러나 중국에서 비로소 나는 시원한 맛이 아닌 맥주 본연의 맛을 알았다. 맛있다, 칭다오 맥주. 물론, 시원할 때가 더 맛있긴 하다.

중국에는 750밀리리터 병맥주가 많다. 칭다오 맥주 750밀리리터를 한국 돈 몇 백 원도 안 되는 값으로 사다 먹곤 했었다. 칭다오 맥주에도 종류가 많아 싼 맥주부터 비싼 맥주까지 다양한데, 제일 싼 칭다오 맥주가 나는 제일 맛있었다. 양도 얼마나 푸짐한가 말이다.

칭다오 맥주는 중국에서 제일 유명한 맥주라 사오싱에서도 당연히 칭다오 맥주를 마시게 될 줄 알았다. 요즘은 한국의 마트에서도 얼마든지 사 마실 수 있지만, 중국술을 중국에서 마실 때, 한국과는 비교도 안 될 만큼 싼값으로 마실 때의 상쾌함은 또 다른 법이다.

그러나 어쩐 일인가. 칭다오 맥주가 없다. 식당에도 없고 가게에도 없다. 대신 어디에서나 발견할 수 있는 맥주는 설화 맥주, 항저우산이다. 말하자면 동네 맥주인 셈이다. 이 맥주, 이름부터 눈꽃이니 당연히 시원하게 마시는 술이겠다. 한 병, 두 병, 취할 생각은 없으니 세 병……. 혼자서 세 병이 아니라 셋이서 세 병이었다. 그날은 동행이 있었다. 한국 친구 둘. 상하이를 여행할 계획인 여자 친구 둘과 한국에서부터 동행을 해 사오싱에까지 같이 이르렀다. 친구들은 이제 곧 상하이로 떠날 예정이고, 나는 홀로 남겨질 것이다. 짧은 동행이었으나, 여행지에서는 모든 게 다 특별하다. 내 동행들은 이십 대 후반, 짧은 동행 동안 그들의 일과 연애와 가족에 대한 이야기를 들었다.

한 끼도 안 빼놓고 잘 먹을 작정이었으나, 헤어지기 전에는 더 잘 먹어야지. 규모가 큰 패밀리 레스토랑처럼 보이는 식당을 찾았다. 중국의 여느 식당들처럼 메뉴가 어마어마하게 많아 주문을 할 때부터 신이 났다. 서빙을 하는 아가씨도 이십 대, 아마도 초반쯤으로 보였다. 웃는 얼굴이 어찌나 예쁘던지. 한국인이에요? 묻고, 환하게 웃고, 우리가 고심 끝에 메뉴 하나를 고를 때마다, 또 신기하고 재미있다는 듯 환하게 웃는다. 맥주 한 병을 시켰을 때도 아주 환하게 웃는다. 두 병째 시켰을 때도 그 웃음이 여전했다. 너희 그러다가 취할 텐데? 말을 걸기도 했다. 이 친구 농담도 하네, 우리끼리도 웃었다. 그 말이 농담이 아니라는 건 세 병째 맥주를 시켰을 때였다. 이 친구가 더는 웃지 않고 매우 진지하게, 너희들 세 병째 시킨다는 걸 알고 있니, 물었던 것이다. 그 친구 태도가 얼마나 진지했던지 다른 친구가 다가왔다. 그 친구가 다른 친구에게 걱정스러운 말을 하고, 다른 친구는 그 친구에게 야, 우리도 이 정도는 마시잖아, 어정쩡하게 우리를 배려하듯이 응답을 하고, 그 친구는 우리가 언제 그렇게 마셔? 반론을 제기하고……. 이런 난리가, 이런 패밀리 레스토랑에서…….

그 와중에 술맛이 날 리가 없었다. 결국 맥주 세 병으로 끝내고 레스토랑에서 나와 카페를 찾아갔다. 커피와 케이크를 팔고, 또 한편에서는 소품과 옷을 파는 곳이었다. 옷을 구경하는데, 너희들 한국인이야, 종업

원이 묻고, 또 환하게 웃는다. 한국 드라마를 좋아한단다. 그리고 다짜고짜 묻는다. 그런데 한국 여자들은 정말 그렇게 술을 많이 마셔? 그게 드라마라서 그런 거야, 아니면 실제로 그런 거야? 다짜고짜 술이 화제라니, 아마도 우리한테서 술 냄새가 풍겼던 모양이다.

원, 이런……. 셋이서 맥주 세 병 마시고, 한국 여자는 술꾼이라고 사오싱이 떠나가도록 외치고 다니는 꼴이라니.

사오싱은 그런 곳이다. 그것이 내게 각인된 사오싱의 인상 중 하나다. 빠른 기차를 타면 한 시간 남짓 걸려 세계에서 가장 큰 도시 중의 하나인, 가장 국제적인 도시 중의 하나인 상하이에 도착할 수 있는 곳에 살면서도, 그들은 아직 그렇다. '그렇다'고 표현하는 것은 그 이외의 다른 모든 표현들이 다 정확하지 않게 여겨져서이다. 순박하다는 표현을 썼다가 지우고, 도시화되어 있지 않다고 썼다가도 지운다. 좋은 의미로든, 나쁜 의미로든 시골스럽다는 얘기를 하려는 게 아니다. 도시에서라면 당연히 여겨지는 관계의 거리가 여기에서는 다르게 여겨지는 듯하다. 당연한 예의와 당연한 무시와 당연한 무관심. 관계를 만들기보다는 문제를 피하는 거리, 그것이 도시의 거리이다. 사오싱은 그런 면에서, 그 거리의 폭이 훨씬 좁게 느껴진다.

그날 동행들이 있는 김에 차를 하루 대절해서 관광을 했다. 상하이대중 차를 몰고 나타난 기사는 내 또래거나 나보다 좀 아래로 보이는 아주 머니다. 이 기사 분, 내가 중국에서 만난 중국 사람들 중 가장 말이 없는 사람이다. 관광객을 태우고 다니면서도 간신히 묻는 말에나 대답을, 그것도 한두 마디로 끝낸다. 차를 하루 대절할 때부터 그날 하루를 말의 홍수 속에서 살겠구나, 생각했었다. 중국 사람들, 특히나 택시기사들이 얼마나 '다정'하고 '열정적'이고 '적극적'이며 '친절'한지 알기 때문에 그랬다. 그런데 이분, 감동적일 정도로 말수가 없다.

사오싱에서 유명한 음식은 뭐예요?

메이간차이梅干菜가 유명하죠.

또 다른 거는요?

글쎄 메이간차이가⋯⋯.

민물 게도 유명하다던데?

글쎄 내 생각에는 메이간차이가⋯⋯.

중국 관광지에서 한나절이나 하루 차를 대절하는 것은 흔한 일이다. 대중교통이 매우 발달해 있기는 하지만 기본적으로 땅이 너무 넓다는 게 문제다. 대중교통으로는 이동 거리가 너무 멀고, 시간도 너무 많이 걸린다. 차를 부르는 방법은 여행사를 통하는 방법도 있고, 호텔에서 부르는 방법도 있고, 또 길거리에서 직접 거래를 하는 방법도 있다. 우리가 흔히 말하는 '나라시', 즉 불법 영업을 하는 차들을 중국에서는 헤이처黑車라고 부른다. 공항이나 터미널 주변에는 이런 차들이 많다. 특히, 사오싱은 그랬다.

캐리어를 끌고 있는 외국인이라면 이 헤이처의 압박에서 벗어날 길이 없다. 택시 정류장이 버젓이 있음에도 정류장을 포위하고 있는 것은 헤이처들이다. 정상 영업을 하는 택시가 오히려 정류장을 피해 가는 것처럼 보였다. 헤이처 기사들은 내 가방의 손잡이를 잡고, 누군가는 내 어깨를 두드리고, 누군가는 알아들을 수 없는 농담을 걸며 웃음을 터뜨리고, 누군가는 어느새 차 문을 열고 나를 밀어 넣는다. 와중에 정신이 홀랑 나가버려 다른 선택의 여지가 사라져버린다. 어쩌다 보니 가격 흥정을 하고 있는 나, 승차를 하고 나서야 따져보니 겨우 돈 천 원을 깎으려고 삼십 분을 넘게 옥신각신했던 것이다. 또 생각해보니, 그 기사들도 돈 천 원을 더 받으려고 그렇게 치열했던 것이다.

터미널에서 숙소까지 이십 분도 안 되는 거리, 이제 기사의 폭풍같이 쏟아지는 말을 들어야 할 순서다. 중국말을 집중해서 듣다 보면, 오 분도 안 돼 내가 이 사람의 아주 친한 친구 같은 느낌이 들곤 한다.

'야, 내가 너니까 하는 말인데.' 이런 식으로 시작되는 말들. 존댓말이 따로 없어서가 아니다. 존댓말이야 영어에도 없지 않나. 그것은 이 말이 갖고 있는 리듬과 톤 때문이다. 성조를 말하는 게 아니다. 중국말의 리듬, 쏟아 부어지듯이 다가오는 친밀감, 그래서 때로는 무섭기도 하다. 저 먼 길에서 환하게 웃으며 나를 향해 마구 달려오는 사람이 나를 안으려고 다가오는 친한 친구인지, 한 대 패려고 달려오는 나쁜 친구인지 알 수 없을 때처럼.

중국에서 살던 동안 내가 처음으로 사귀었던 친구도 헤이처 기사였다. 팔에 문신이 가득했던 그 기사, 샤오천, 그 친구의 차를 타고 있으면 늘 우리가 이토록 친한 건가 궁금했었다. 말이 갖고 있는 느낌, 그것은 마음의 온도이기도 할 터이다. 샤오천은 폭설이 쏟아져 모든 교통이 거의 끊기다시피 한 밤, 느닷없이 고열이 오른 내 딸을 응급실에 데려다주러 달려와 줬다. 차비를 주겠다고 했더니, 화난 듯이 관둬, 라고 했다. 아침 비행기를 타야 해서 와달라고 한 새벽에 아무 연락도 없이 오지 않은 적도 있다. 하마터면 비행기를 놓칠 뻔했는데, 나중에 만나 너무 태연하게 미안하다고 했다. 아내가 갑자기 아팠다나 어쨌다나. 친구가 맞다. 고객에게라면 절대로 저렇게 허술한 핑계를 대며 저렇게 뻔뻔하게 미안하다고 말하지는 않을 것이다.

　샤오천과는 달랐던 아주머니 기사, 물어보면 간신히 한마디 하면서 수줍은 듯, 민망한 듯 웃어 보이는 것도 혹시 도시와는 다른 거리 때문이 아닐까. 도시의 거리가 규격에 맞춘 듯이 일정하다면 사오싱의 거리는 먼 듯 가까운 듯, 다정한 듯 수줍은 듯, 그렇게 느껴진다.
　아무튼 그 아주머니 기사에게 물어 알게 된 메이간차이. 먹어보지 않을 수 없다. 이튿날 오후, 드디어 나는 셴헝주점으로 간다.
　호텔로 간다는 뜻이 아니다. 「쿵이지」의 셴헝주점으로 간다는 뜻이다. 「쿵이지」에 이 술집의 구체적인 묘사가 나온다.

　　　루전魯鎭의 술집 구조는 다른 고장과 다르다. 'ㄱ'자 모양의 큰 목로가
　　길을 향해 있고, 목로 안쪽에는 언제든지 술을 데울 수 있게 더운물이 준

비되어 있다. 점심이나 저녁 무렵이면 일을 마친 노동자들이 언제나 동전 네 닢을 내고 술 한 잔을 사서 마신다.—이것은 20여 년 전의 일이고, 지금은 한 잔에 열 닢으로 올랐을 게다—그들은 목로 바깥에 기대서서 따끈히 데운 술을 들며 쉬곤 했다. 한 닢 정도를 더 쓰면 짭짤하게 졸인 죽순이나 회향두 한 접시를 사서 술안주로 삼을 수 있다. 열 닢을 내면 고기 요리 같은 것도 살 수 있지만, 이곳에 오는 손님들은 거의 노동자들이어서 그렇게 호사스럽지는 못했다. 다만 장삼을 입은 손님들만이 가게 안쪽의 방 안으로 거들먹거리며 들어가 술과 요리를 시켜 천천히 편히 앉아 마셨다.[5]

「쿵이지」는 1919년에 쓰인 소설이다. 이 소설의 배경인 셴헝주점은 1894년부터 루쉰의 당숙이 운영을 했던 주점이다. 이 문학적이고 역사적인 술집은 1981년 루쉰 탄생 100주년을 맞아 옛 모습 그대로 복원되었다. 그 후 이 주점은 사오싱 관광의 중심이 되었고, 그에 걸맞게 부대시설이 개발되었다. 그런 까닭으로 현존하는 셴헝주점은 묘하기 짝이 없게도 옛것이면서 오늘날의 것이기도 한데, 앞서 말했던 것처럼 동명의 현대적 호텔이 이 주점을 부대시설로 갖고 있기 때문이다. 사오싱 사람들은 달리 말할 수도 있겠다. 동명의 호텔이 셴헝주점에 부대시설처럼 연결되어 있다고 말이다.

아무려나. 목로에 기대서지는 않았으나 목로 바깥의 테이블에 앉아 쿵이지 동상을 바라본다. 잠시 후 목로로 다가가 소설 속 몰락 양반 쿵

5   루쉰, 「쿵이지孔乙己」, 『루쉰 소설 전집』, 김시준 옮김, 을유문화사, 2008, 36쪽.

이지가 늘 먹었다는 황주 한 잔, 후이샹도우茴香豆 한 접시 시키고, 거기에 메이간차이 하나를 더 얹는다. 메이간차이는 매실잎을 말려 볶은 요리고 후이샹도우 콩을 볶은 요리다. 황주는, 미리 말했던 것처럼 사오싱의 대표 술, 바로 소홍주. 백주보다는 도수가 약해 14도에서 20도가량이며, 쌀과 기장과 조 등으로 주정한 술. 작은 안주 두 접시와 술 한 사발, 이 소박한 술상은 사실 '사오싱'으로 가득 찬 상이다. 다시 말하면 사오싱으로 가득 채워져 상다리가 부러질 듯한 상이다.

햇살이 좋은 낮이다. 열려 있는 바깥으로는 물길이 보이고, 배를 띄우는 작은 선착장이 보이고, 쿵이지 동상이 보인다. 소설 속 쿵이지는 이 술집에 매일같이 들러 황주 한 잔과 콩 한 접시를 시켜 먹었다. 과거 시험에 번번이 떨어진 후 몰락할 대로 몰락한 가난한 양반, 비싼 안주 시킬 돈이 없어 늘 황주 한 잔에 콩 한 접시 먹으면서 상것들에게 온갖 놀림거리가 되는 양반, 그래도 기어코 양반의 허위를 벗어던지지 못하는, 헛된 양반…… 나중에는 다리가 부러져 기어 와서까지 술 한 잔을 마시는 양반…… 루쉰은 이 몰락 양반 쿵이지를 통해 봉건사회의 계급구조를 풍자했다.

이제 중국은 사회주의 국가. 오늘이 되기까지 엄청난 역사적 변화들을 겪었다. 쿵이지 동상을 바라보고 있으니 중국의 역사 속 풍경들이 획획 지나가는 듯하다. 그런데 뭔가. 느낌이 좀 이상하다.

옆자리 사람들이 자꾸 나를 쳐다본다. 혼자 앉아 황주 한 잔 마시고 있는 오후였다. 술에 취해 혼자 중얼거리거나 하지는 않았을 터이니, 외국인인 것이 겉으로 드러나지도 않았을 것인데. 혼자 앉아 이상한 짓을 하거나 하지도 않았을 텐데, 왜 자꾸? 대여섯이 함께 앉아 있던 그 테이블에서 기어코 한 남자가 일어나 내게로 다가온다.

"여기 사람이에요?"

사오싱 사람이냐고 물어본다.

"아니요. 한국 사람인데요."

"아, 그렇구나! 당신, 근사한데요!"

이건 무슨 소리? 엄지손가락을 치켜들며 하오방好棒! 이라고 외친 그 남자, 심지어 나를 카메라로 찍기까지 한다.

원, 이런…… 이렇게 감출 수 없는 미모라니…….

실은 곧 알아챘다. 또 술이 문제였던 거다. 해도 저물지 않은 오후, 햇살을 받으며 황주 한 잔을 홀로 기울이고 있는 여자…… 사오싱 사람 같아 보이지는 않았던 거다. 미모를 뽐내기는커녕 여기서 또 한국 여자는 술꾼이라고 외친 셈이겠다. 겨우 황주 한 잔을 다 마시지도 못하고……. 그나저나 그 사진, 혹시 그분 블로그에 올리시기라도 했다면 캡션은 뭐라고 다셨을까. 왠지 나쁜 말이거나 기분을 언짢게 만드는 말이 달렸을 것 같지는 않다.

왜냐하면 사오싱의 거리, 먼 듯 가까운 듯, 다정한 듯 수줍은 듯한 그 거리가 그분에게도 마찬가지일 것 같다는 생각이 들기 때문이다. 그래서 술집에서 난데없이 사진을 찍혀놓고도 기분이 나쁘지 않다.

아큐의 다리

나는 루쉰을 언제부터 좋아했나, 생각해본다. 여러 번의 계기가 있었던 것 같지만 아무래도 내 대학시절을 환기하지 않을 수 없다. 내가 대학을 다니던 당시는 혁명의 시대, 세상의 모든 혁명을 공부했고, 세상의 모든 혁명가들을 마음 깊이 사랑했다. 그들의 꿈이 내 마음 안으로 들어오고, 내 마음 안에서 부풀다가, 그들과 함께 상처를 받고 눈물을 흘리고, 같이 죽음을 맞기도 했다. 루쉰을 이 문장으로부터 좋아하기 시작하지는 않았겠으나, 이 문장이 마음 안으로 들어와 뭔가가 갈라지는 듯한 소리를 낸 적이 있다.

얼마든지 증오하게 하라. 나도 그들을 결코 용서하지 않을 터이니
讓他們怨恨去, 我也一个都不寬恕.[6]

---

6   루쉰, 「죽음」, 『루쉰전집 8권』, 한병곤 옮김, 그린비, 2015, 775~776쪽.

사망 한 달 전쯤에 쓴 「죽음」이라는 글에 남긴 대목이다. 그 대목을 언제 읽었고, 언제 담아두게 되었는지는 잘 기억이 나지 않는다. 독재자를 용서할 수 없었던 이십 대의 일이었는지, 사소한 감정에 깊이 상처를 입었던 삼십 대의 어느 하루였는지, 아니면 더 많은 세월이 아주 오래 흘러, 생을 통째로 돌아보게 되었던 어느 날의 어느 순간이었는지.

콴 이야기를 잠깐 하자. 나는 어느새 콴을 잊은 게 아니다. 사오싱엔 왜? 내가 물었을 때 콴이 대답했었다. 루쉰 때문에. 우리의 중국어는 짧고, 소통할 수 있는 시간은 더욱 짧고, 콴은 떠나버렸기 때문에, 나는 이제 콴의 짧은 말들을 내 뜻대로 해석할 수밖에 없다. 루쉰은 일본에서 유학을 했고 일본 사람들에게 유명한 작가이기 때문에 일본 사람들이 사오싱에 많이 온다고, 메이간차이를 알려준 아주머니 기사께서 얘기해줬었다.

루쉰이 유학했던 곳은 센다이, 그곳이 오사카와는 얼마나 가까운 곳인지 나는 모른다. 어쩌면 오사카는 센다이 바로 옆일 수도 있고, 어쩌면 콴은 중국문학을 연구하는 사람일 수도 있고, 어쩌면 콴은 여행보다는 나처럼 글 쓰거나 사진 찍는 게 더 큰 목적인 사람일 수도 있겠다. 루쉰 때문에, 왜? 라고 나는 물어보지 않았다. 사오싱은 그냥 루쉰이고 루쉰은 그냥 사오싱이어서, 왜냐고 묻는 게 이상했다. 그러나 그렇게 생각하니 굳이 루쉰 때문이라고 말한 콴의 대답도 이상했다. 사오싱에서라면 누구에게나 보통명사처럼 들리는 루쉰, 그 루쉰이 아니라 콴의 루쉰이 따로 있다는 소리다. 나의 루쉰이 따로 있는 것처럼.

나를 잊으라, 그리고 살아가라忘記我, 管自己生活.[7]

루쉰은 그의 글 「죽음」에서 또 말했다. 콴은 이 구절도 알고 있을까? 사랑하는 사람에게는 잊으라 하고, 증오하는 사람에게는 잊지 말라 한다. 이 문장은 아주 오랜 세월이 흐른 후에야 내게 다가왔다. 더는 잊을 사람도, 잊지 말아 달라 할 사람도 없을 것 같았을 즈음에. 그랬음에도, 살아가는 일은 남아 있는 것 같았을 즈음에…….

위대한 작가든, 좋아하는 작가든, 좋아하는 작품을 쓴 작가든, 그런 사람을 소개할 때는 몇 년생이고 어떤 풍의 어떤 작품을 썼으며, 어쩌고 저쩌고 하기보다, 그냥 그 사람의 어떤 한 작품을 처음부터 끝까지 읽어주고 싶다. 어떤 부분을 인용하여 읽는 것이 아니라 처음부터 끝까지. 청중들이 지루해하든 말든, 지루해하다 못해 몸을 배배 꼬고, 마침내 하나둘씩 자리를 떠나가더라도, 고집스레 끝까지 읽어주고 싶다. 마침내 홀로 남게 되더라도, 마지막 문장의 마침표를 힘주어 눌러 발음하고, 이렇게 말해주고 싶다.

봐, 이런 작가라니까!

루쉰에 대해서는 붙여진 말들이 많다. 중국 근대문학의 아버지, 문예 혁명 운동의 기수, 세계적 대문호……. 투쟁의 기록, 흉흉한 연애와 불

7   위의 책, 775쪽.

륜의 소문, 그를 기리는 말과 말들……. 그 모든 것들을 오롯이 느끼기에는 루쉰고리 기념지구는 너무 정제되어 있다. 루쉰은 그곳에서 집안의 몰락을 겪었고, 사랑하지 않는 여인과 결혼을 했고, 더는 버티지 못해 빈털터리가 되어 떠나야만 했다. 그는 베이징과 상하이 등에서 활발하게 강의와 강연을 하고 책을 펴내고 저항을 하고 투쟁을 했지만, 그러나 늘 돌아오는 곳은 이곳일 수밖에 없었을 것이다. 그 쓸쓸함과 황망함, 절망을 느끼기에는 5월의 루쉰고리가 너무 아름답다.

이번 나의 귀향은 오로지 고향과 작별하기 위해서이다.[8]

루쉰의 소설 「고향」에 나오는 구절이다. 다분히 자전적으로 여겨지는 이 소설 속에서 주인공은 이십 년 동안이나 떠나 있던 고향으로 돌아오는데, 그 사이에 완전히 몰락한 집안을 정리하기 위해서이다. 팔린 집을 정리하고, 이사를 위해 가재도구를 정리하면서 한 시절의 추억도 같이 정리가 된다. 어린 시절의 친구, 그러나 신분이 달랐던 친구와의 추억도. 이십 년 동안이나 고군분투하였으나 여전히 버리지 못한 그의 계급과 마음도. 그리하여 쓸쓸함이 남는다. 고향을 떠나는 뱃길은 아직도 많은 것을 버리지 못한, 그래도 악착같이 희망을 얘기하고 싶은, 그래서 더욱 쓸쓸한 길이다.

8   루쉰, 「고향」, 『루쉰 소설 전집』, 김시준 옮김, 을유문화사, 2008, 99쪽.

우리의 배는 앞을 향해 나아갔다. 양편 강기슭의 푸른 산들은 황혼에 검푸른 빛깔로 물들며 하나하나 연이어 배 뒤쪽으로 사라져갔다.

홍얼은 나와 함께 선창에 몸을 의지하고 바깥의 흐릿한 풍경을 바라보다가, 별안간 이렇게 물었다.

"큰아버지! 우리 언제 돌아와요?"

"돌아와? 너는 왜 가기도 전에 돌아올 생각부터 하니?"[9]

떠나는 길은 돌아올 수 없는 길이 될지도 모른다. 루쉰은 그렇게 고향을 떠났다.

지금은 루쉰고리라고 불리지만 오래전에는 루전魯鎮이었던 곳, 그곳은 양옆으로 물길을 두고 있다. 문 앞에서 찰랑거리는 물, 바로 그 문 앞에 묶여 있는 배. 부잣집 도령은 벤츠 같은 배를 타고 서당에 왔겠지. 가난한 도령들은 어떻게 왔을까. 맨발로 첨벙첨벙 건널 수 있을 만큼 저 물이 얕아 보이지는 않는다. 가난한 도령들은 다리를 건너고, 얕은 물에서는 발목을 적시고, 젖은 발에 흙먼지를 묻히며 매일 아침 숨이 턱에 차서 달려왔을 것이다. 그러나 대부분은 '자기 배' 하나쯤은 가지고 있었을 것이다. 아침마다 씩씩하게 배를 저어오는 소년들, 그중에 소년 루쉰이 있다.

그러나 오늘, 서당에는 관광객들이 넘치고 뭔가를 읽는 사람은 오히

9 위의 책, 110~111쪽.

려 서당 밖에서 보인다. 서당으로 이어지는 물길을 향해 앉아 무언가를 들여다보는 중년의 사내. 그 등이 평화롭고 한가로워, 아 저분은 뭘 읽고 있을까 궁금해지는데, 핸드폰이다. 혹시라도 루쉰의 책을 읽고 있었더라면 그런 사람을 발견한 기분이 감동적이었을까. 아니다. 루전의 한가운데에서 핸드폰을 들여다보는 모습은 너무나 현실적이어서, 오히려 마음이 편안해진다.

마음이 넉넉해지는 것은, 눈 닿는 곳마다 보이는 물길과, 그 물길을 한가로이 떠다니는 작은 배들과, 그 배를 손도 아니라 맨발로 젓는 사공들의 모습들 때문이기도 하거니와 5월의 햇살 아래 쏟아지는 취두부 냄새 때문이기도 하다. 백 번을 양보한다고 하더라도 고약하기 짝이 없다고 말할 수밖에는 없는 이 취두부 냄새는, 사오싱의 어디에서나 풍겨 나온다. 사오싱은 메이간차이로만 유명한 게 아니라 취두부로도 유명하다. 김밥천국처럼 취두부집이 있고, 길거리에서 떡볶이를 파는 것처럼 취두부 꼬치를 판다. 세련된 옷차림의 이십 대 커플이 그 취두부를 꼬치로 찍어 먹으며 옆을 지나간다.

취두부는 사오싱에서만 유명한 것은 아니고, 중국 각 지역마다 자기 지방의 특색을 갖고 각기 유명하다고 한다. 나는 한 번도 먹어본 적이 없다. 보기는 많이 봤다. 연회상에 오른 것을 본 적도 있고, 식당의 옆 테이블 사람들이 먹는 걸 본 적도 있고, 물론 길거리에서 파는 걸 본 적도 있다. 공통적인 것은 그 지독한 냄새인데, 베이징의 취두부가 색깔과 모양까지 지독해 보이는 것과는 달리 그나마 사오싱의 취두부는 예뻐 보인다. 연두부 튀김 같다고 해야 하나? 다시 말하지만 안 먹어봤다. 시도조차 안 해봤다. 냄새가 풍기는 순간 시도를 해보고 싶은 마음까지 사라지는 게 그 음식이다.

하마터면 사오싱에서 먹을 뻔하기는 했는데, 저녁을 먹으면서 디저트로 푸딩처럼 보이는 걸 시켰더니, 그 푸딩의 속이 취두부였다. 물론 안 먹었다. 중국 사람들이 너무나 사랑하는 음식을 폄훼할 생각은 전혀 없다. 사오싱에서 얼마 동안 있다 보면 그 냄새에 살살 무감해지고, 모양은 점점 더 맛있어 보이기 시작한다는 것도 알게 되었다. 그런데도 안 먹은 건, 안 먹었다고 굳이 말하는 건, 내가 음식에 도전 정신이 전혀 없는 사람이라는 걸 말해야 하기 때문이다.

그럼에도 불구하고, 안 먹을 수 없어 먹어본 음식들이 있다. 산낙지가 그중 하나인데, 학생 시절에 어른이 주는 걸 거절할 수 없어, 그저 꿀꺽 삼킬 양으로 받아먹었더랬다. 그런데 입안에 넣는 순간 눈이 번쩍 뜨였다. 정말로 너무너무, 맛있었던 것이다! 그 후로 지금까지 나는 산낙지를 매우 매우 좋아한다. 같은 경우로 개고기도 한 번 먹어본 적이 있는데, 이번에는 결과가 아주 달랐다. 심리적 거부감 때문이었는지 급체를 했고, 집에 돌아와 아주 고생을 했다. 그 후로는 다시는 입에도 대지 않는다. 취두부는, 억지로 입에 넣고 꿀꺽 삼키는 순간 어떤 맛일까, 궁금하기는 하다. 고약한 냄새를 풍기는 취두부는 너무 맛있는 음식이라 하고, 그와 비슷한 향기를 풍기는 두리안은 과일의 왕이라 한다. 나쁜 냄새를 풍기는 좋은 맛과 좋은 냄새를 풍기는 나쁜 맛을 생각해본다. 그리고 어떤 게 진짜 맛일까도 생각해본다. 혀에서 맴도는 맛과, 목구멍을 넘어 식도를 통과할 때의 맛은. 인생의 맛은. 지나간 인생과 지금 내가 통과하고 있는 인생과 앞으로의 인생은, 그 맛들은.

투구츠로 가는 길에도 취두부의 향기가 쫓아온다. 「아큐정전」의 투구츠. 허랑방탕한 부랑아 아큐가 몸을 의지하던 곳. 나는 루쉰을 언제부터 좋아했나, 라고 서두에 말을 했지만 십중팔구 「아큐정전」 때문이었을 것이다. 루쉰과 「아큐정전」은 사오싱과 루쉰처럼 연결되어 있다. 루쉰을 만나는 지름길이라고 해도 좋을 것이다. 처음부터 끝까지 읽어드리고 싶다. 지면으로 목소리를 전해드릴 수는 없으니 「아큐정전」 전체를 내가 대신 써서 보여드리고도 싶다. 그러지 못해서 죄송하다. 그러지 못하니, 백과사전을 빌려 이 소설을 소개하기로 한다. (百度百科, https://baike.baidu.com)

아큐정전은 신해혁명 이후 기형화되어 있던 중국 사회와 중국인의 참모습을 보여준다. 아편전쟁 후, 중국은 내우외환에 휩싸여 있었다. 정치는 부패했고 민중은 우매해서 중화민족은 거의 멸망 직전인 것이나 다름없었다.

아큐정전은 신해혁명을 전후한 강남 농촌 사회를 배경으로, 구 봉건사회로부터의 지대한 압박이 어떻게 인간의 정신을 왜곡하는가를 보여준다.

사전의 설명대로, 집도 없어서 절에 붙어사는 아큐는 날품팔이로 하루하루를 연명하는, 자신의 노예적인 삶을, 놀라울 정도의 자기 위안으로 합리화하는 인물이다.

아큐는 재빨리 패배를 승리로 바꾸었다. 그는 자기 뺨을 연달아 두어 번 힘껏 후려갈겼다. 맞은 데가 후끈후끈 달아올랐다. 그러고 나니 마음이 조금 위로되었다. 이윽고 때린 사람은 자신이고 맞은 사람은 다른 사람 같았다. 그러자 남을 때렸을 때와 같은 느낌이 들면서 기분이 좋아졌다. 뺨은 여전히 후끈거렸지만 아큐는 흡족했다.[10]

루쉰은 저물어가는 시대의 끝자락에서 새로운 시대를 이끌어올 영웅을 묘사하는 대신, 혁명의 찬란함을 그리는 대신, 그 시대의 바닥인 민중들을 묘사한다. 「광인일기」에서는 산 채로 잡아먹히는 민중들을, 그 참상을 미치지 않고는 말할 수 없는 현실을, 그리고 「쿵이지」에서는 몰락 양반을, 마침내 「아큐정전」에서는 가장 민중적인 계급의, 그러나 가장 반민중적인 정신 상태를 묘사한다. 그것은 너무나 적나라한 나머지, 모든 중국인들을 부끄러움에 빠지게 만들 지경이었다. 혹시 내가 바로 그 '아큐'가 아닌가 하는.

투구츠에 이르러 나 또한 생각한다. 나는 아큐가 아닌가. 정말로 아닌가? 나는 내 뺨을 안 때렸나. 생각해보면 매일매일 내 뺨을 때리는 삶은

<hr>

10 루쉰, 「아큐정전阿Q正傳」, 『루쉰 소설 전집』, 김시준 옮김, 을유문화사, 2008, 126쪽.

아닌가. 그리고 아큐처럼 익명으로 저물어가는 삶…….

루쉰고리 중에서도 굳이 투구츠 얘기를 하고 싶은 이유는 사실 「아큐정전」 때문만은 아니다. 나는 이 절을 찾는 데 일주일이 걸렸다. 찾고 보니 호텔에서 오 분 거리이고, 매일 아침저녁으로 오가던 물길 건너에 있었다. 혹시 한두 번쯤은 그 앞 골목을 지나쳤을지도 모르겠다. 그런데도 몰랐던 것은, 투구츠의 현판이 간체자가 아니라 번체자로 되어 있어서 내가 그 현판을 읽어내지 못한 이유도 있겠으나, 그보다는 투구츠가 진짜로 있는 줄을 몰랐기 때문이다. 그것도 바로 내 코앞에. 투구츠가 정말로 있다는 걸 알고, 또 그 투구츠가 바로 코앞에 있다는 것을 안 후에도, 찾기까지는 또 시간이 좀 걸렸다. 발음이 제대로 되지를 않아서 투구츠가 어디냐고 물어보면 길 가던 사람들이 난데없이 택시 타는 데도 알려주고, 공중 화장실도 알려주었다. 아큐를 여러 번 외친 후에야 투구츠가 나타났다. 아주 작은 사당이었다.

그 짧은 거리를 찾아오는 길이 너무 멀어서 잠깐 앉아 쉬기로 했다. 「아큐정전」의 내용이 가물가물했다. 여러 번 읽은 글인데도, 그렇다. 한글로도 읽고 중국어로도 읽었는데.

이곳도 언젠가는 그렇게 되겠지. 여기 이 작은 사당뿐만 아니라 사오싱 전체가, 읽고 또 읽었는데, 읽을 때마다 감동이었는데, 어느 날 돌이켜보니 가물가물한 스토리처럼, 그렇게 희미하게 지워지겠지. 잊히는 게 아니라 가라앉겠지. 그러면 남는 건 무엇일까. 5월의 햇살, 햇살에 뜨겁게 익어가는 취두부 냄새, 취두부 대신 땀을 뻘뻘 흘리며 길거리에서 먹었던 민물 게 구이, 그런 것들은 남을까. 기억이 아니라 맛으로 뜨거움으로 흘러내리던 땀의 촉감으로 남을까.

'나를 잊으라, 그리고 살아가라.' 그렇게 말해줄 사람이 있었으면 좋겠다. 아니면 적어도, 절대로 용서하지 않겠다, 말할 사람이라도 있었으면.

타즈차오는 투구츠로 들어가는 입구에 있는 다리다. 다리가 있으니 당연히 물도 있다. 이 물가에는 오봉선烏篷船이라 불리는 배가 한 척 매여 있다. 문 앞에 무심히 주차되어 있는 자가용처럼. 요란한 수입차나 중형차가 아니라 소형차나 경차처럼. 그냥 휙 올라타 어디든 달려갈 것 같은 배 한 척. 물가에 지어진 집들의 선착장은 계단으로 이루어져 있다. 문을 열면 바로 계단, 그 계단을 내려가면 배가 매어져 있는 식이다. 오래전, 사오싱 사람들에게 이 배는 말이나 가마처럼 일반적인 이동수단이었다. 오늘날에는 관광용 배로 이용된다. 사공은 발로 노를 젓고, 딱히 듣기 좋다고는 할 수 없는, 뱃노래도 불러준다. 오봉선이라 불리는 것은 그 지붕을 이은 갈댓잎이 검은색이라, 까마귀 오자를 써서 그렇다.

검은 연못의 다리

　도시를 이해하기 위해서는 그 도시의 사람들을 들여다보는 게 먼저여야 할 일일지도 모른다. 도시의 역사는 사실 사람의 역사일 테니.

　월나라를 전후하여 시작된 이 도시의 역사는 기원전으로까지 거슬러 올라간다. 그것도 아주 한참 전으로. 얼마나 많은 사람들이 그 오랜 세월을 살아갔을 것인가. 그러나 그들의 이야기는 그들을 기억하는 사람들에게만 잠시 남겨졌다가 곧 잊혔을 것이다. 이야기는 땅으로 돌아가거나 물로 흘러갔을 것이고, 그리고는 사라졌을 것이다. 그 텅 빈 자리를 메우기 위해 역사라는 말이 생기고, 그 역사를 증거하기 위해 기록이 생겼다. 그리고, 기록으로 남은 사람들. 그들 곁에는 기록으로 남지 못한 나머지 99.99프로의 사람들이 있었다. 그건 바로 당신과 나이기도 할 것이다.

　이 역사적인 도시는 자신의 역사에 걸맞게 아주 많은 사람들을 기록에 남기고 있다. 도시의 곳곳에는 그들이 기록에 남긴 사람들의 생가, 혹은 고택들이 보존되어 있다. 그중에는 시인도 있고, 혁명가도 있고, 정치가도 있다. 육유陸游, 서위徐渭는 남송과 명대의 시인들이고, 치우진추근, 秋瑾은 최초의 여성 혁명가, 차이위안페이채원배, 蔡元培는 혁명 시기의 교육가로 이름을 떨쳤다. 그리고 저우언라이주은래, 周恩來가 있다. 마오와 함께 중국 혁명의 모든 것인 사람. 중국 전 인민의 사랑을 받는 사람.

바로 그 저우언라이 기념관도 여기에 있는데, 사실 저우언라이와는 아무 상관도 없다. 그는 여기에서 태어나지도 않았고 여기서 산 적도 없다. 그의 시조가 여기에 살았을 뿐이다. 그래서 기념관 이름도 저우언라이고거周恩來故居가 아니라 저우언라이조거周恩來祖居. 그랬음에도 사오싱에서는 저우언라이 기념관을 지을 만했다. 왜냐하면 저우언라이니까. 그리고 그 저우언라이가 '나는 사오싱 사람입니다'라고 분명히 말을 했다니까.

언젠가 독일에서 동독 시절의 군사 지역을 방문한 적이 있는데, 구동독의 군사기지가 있던 높은 산에 뜻밖에도 괴테를 기념하는 건축물이 있었다. 괴테가 머물렀던 곳이라고 했다. 아, 괴테가 이곳에.

얼마 동안이나?

하룻밤이랬나, 이틀 밤이랬나…… 대답을 해주는 사람도 웃고 듣는 사람도 웃었다. 그래도 뭐, 괴테니까.

왕희지王羲之는 다르다. 서성 왕희지. 그는 사오싱에서 태어나지는 않았다. 그러나 사오싱에서 대부분의 생을 살았고, 사오싱에서 세상을 떴다. 그가 태어난 곳은 사오싱에서 천 리 멀리 떨어진 산둥성 린이시이다. 그 오래전 그토록 멀리 이사를 해야 했던 이유는 뭐였을까.

낭야 왕씨琅琊王氏, 왕희지의 가문이 섬겼던 왕은 사마예司馬睿다. 그런데 사마씨 하면 삼국지가 떠오르지 않나? 조조曹操의 책사 중달 사마의司馬懿가 먼저 떠오르지 않나? 사마예는 바로 그 사마의의 후손이다. 낭야에 도읍을 두고 있어 낭야왕이라 불렸던 이 사마예가 멀리 남쪽 건업지금의 뤄양 부근으로까지 도읍을 옮겨야 했던 과정을 말하자면 너무 길고 복잡하다. 그냥 복잡다단하고, 피와 죽음이 난무하던, 역사적 이유라고 해두자. 아무튼 낭야왕은 건업에 이르러 자신의 나라를 동진이라 칭했고, 왕을 쫓아 남쪽으로 내려온 왕희지의 일족은 동진의 가장 막강한 호족 세력이었다. 당백부가 승상이었고, 군사력을 장악하고 있던 또 다른 당백부는 스스로 왕이 되기 위해 국가 최대의 반란을 일으키기도 했다. 요컨대, 그런 집안이었다는 것이다.

그러나 왕희지는 벼슬이나 관리의 일에는 그다지 소질이나 야망 같은 것이 없었던 듯하다. 두루 벼슬을 하기는 했으나, 눈에 띌 만한 일을 했다는 기록은 보이지 않는다. 말년에 이르러서는 아예 회계에 은거해 유유자적 글을 쓰고 도교에 심취해 연금술을 익혔다.

사오싱에서는 몇 군데, 왕희지에 관련된 유적지를 찾을 수 있다. 금정관金庭觀이라 불리는 그의 고택, 훗날 절로 변했으나 생전에는 그의 집이었던 계주사戒珠寺, 그리고 그 유명한 난정집서의 난정蘭亭이 있다. 왕희지가 붓을 너무 많이 씻어 냇물이 묵빛이 되었다는 묵지墨池도 있다. 이 묵지는 계주사 앞에 있는데, 아마도 이름만 그리 붙여 놓은 듯하다. 믿거나 말거나 한 것은 그 전해 내려오는 이야기이기도 하거니와 그 위치이기도 하기 때문이다. 묵지가 산둥도 아니고 사오싱이 있는 저장성도 아니고 장시성에 있다는 기록도 있다. 그곳의 묵지를 기린 '묵지기'라는 글도 있다.

왕희지는 억지로 벼슬길에 오르지 않고, 동쪽 지방을 두루 유람하며 푸른 바다로 나아가 산수 자연에서 즐거움을 찾은 적이 있다. 혹시 그가 제멋대로 떠돌다가 이곳에서 휴식한 것은 아닐까? 왕희지의 서예는 말년에서야 경지에 이르렀으니, 그의 탁월함은 힘써 노력한 결과이지 하늘이 준 것이 아니다.

연못이 검어지도록 붓을 씻어가며 글을 쓴다고 해도 왕희지처럼 될수 있는지는 모르겠다. 그렇지 않을 것이다. 내 생각으로는 왕희지의 붓글씨는 하늘이 준 게 맞다. 하늘이 준 것을 소홀히 하지 않고 더 힘써 노력했을 뿐이다.

낭야 왕씨 왕희지의 집안은 대대로 서예로 유명했다. 그러나 왕희지가 있기 전까지 서예는 아직 예술로 다 피어나지 못했다. 왕희지에 이르러서야 글자는 예藝일 뿐만 아니라 법法이 되었다. 우리는 서예라고 부

르지만, 중국에서는 서법書法이라고 부른다. 예와 법의 차이는 무엇일까. 법으로 상징되는 날카로움과 예로 상징되는 부드러움은, 이 경우에는 해당되지 않는 설명일 것이다. 적어도 글자에 있어서 법과 예는 대립되는 개념보다는 서로를 일치시키는 개념이 더 클 듯싶다. 법으로 반듯해지고 예로 자유로워지는. 법을 안고 예로 분방해지는. 참고로 일본에서 서예는 서도로 불린다. 법과 예와 도, 그것은 한 글자이면서 한 글자의 균형을 잡는 세 발로 여겨지기도 한다.

한동안 중국어 공부에 몰두했던 적이 있다. 나중에 깨달았는데, 내가 중국어 공부를 좋아했던 것은, 낯선 언어를 익히는 즐거움 때문만이 아니라 그 글자 때문이기도 했다. 중국의 글자, 한자, 그것의 매력에 빠졌던 것이다. 이른바 표의문자. 하나의 글자로 하나의 뜻을 표현하는 글자, 하나의 글자가 세계와 우주와 너와 내가 되는 글자. 그 글자 하나를 써놓고 들여다보고 있으면, 그 글자 안으로 빨려 들어갈 것 같았다. 그러니까 그 안의 우주, 또 하나의 우주. 그래서 중국의 붓글씨는 그 자체로 법이 된다. 글자를 넘어 그대로 법이 되고 예술이 된다.

이 글자는 도대체 얼마나 아름다울 수 있을까. 유사 이래 가장 위대한 붓글씨라고 일컬어지는 난정서에 얽힌 이야기를 보자. 준비하시라. 중국의 이야기는 언제나 중국스러우니, 즐겁고 통쾌하고, 허황하다. 다 거짓인 것은 아니나 다 믿을 수도 없다. 난정집서에 얽힌 이야기는 특히나 그러하다. 사기와 협잡과 도적질이 난무하는 이야기, 이 이야기는 역사상 위대한 황제로 일컬어져 그의 연호를 따 정관의치라는 말까지 생겨나게 한, 당나라 태종과 연관이 있다. 서예를 사랑하고 왕희지의 글씨를 흠모했던 당태종은 왕희지의 작품 중에서도 가장 뛰어나다고 알려진 난정집서를 갖기 위해 별별 짓을 다 했다. 그야말로 별별 짓이다. 쉽게 얻을 수 없자 협박을 하고, 협박도 안 되자 사기도 치고, 사기로도 안 되자 수년에 걸쳐 마음을 얻고, 마침내 그 글을 일별하는 기회를 얻는 순간, 획 잡아채버렸다는. 그렇게 얻은 그 글을 어찌나 사랑하였던지 그 글을 자신의 무덤으로 가져갔다는. 이야기가 하도 번잡스럽게 이야기스러워 여기에 다 소개할 수가 없다. 다만, 당태종이 그 정도로 난정집서에 집착했다고만 말하도록 하자.

글씨는 무덤 속에서 어떻게 살다가 어떻게 죽어갔을까. 황제의 무덤이라도 무덤은 무덤. 그 차갑고 고요한 곳에서 글자들은 어떻게 숨결을 이어갔을까. 창백한 종이 위, 무거운 붓의 자국들……. 그러기에는, 죽음의 영역 속에 있기에는, 난정집서는 너무 발랄하다.

먼저 난정집서가 무엇인지에 대해 잠깐만 이야기를 하자. 사오싱 근처에는 회계라는 곳이 있고 회계에는 난정이라는 정원이 있는데, 이곳에서 시회가 열렸다. 흐르는 물길에 잔을 띄워놓고 돌리다가 그 잔이 멎으면 그 앞에 앉은 사람이 그 술을 받은 후 시 한 수를 읊었다. 봄날, 세상이 모두 피어나는 봄날, 술에 익고 시에 익어가는 사람들. 난정집서는 그날 그곳에 모인 사람들이 읊은 시들을 모은 책이다. 그리고 왕희지가 바로 그 자리에서 그 책의 서문을 썼다. 시회에 모인 사람들이 사십 명이 넘었으니 잔 멎을 때마다 건배 한 번씩 했으면 마흔 잔의 술, 누군가는 대취하고, 누군가는 마냥 행복한 어느 봄날…… 왕희지의 난정서는 그렇게 피어난다.

이 난정서의 놀라움은 어느 정도인가. 사람들이 이해할 수 있도록 표현해서 기리고, 전할 수 있는 말, 혹은 이야기가 있어야 하지 않겠나. 난정서에는 갈지자之가 스물네 번이 나오는데, 그중에 한 글자도 똑같이 쓰인 것이 없다고 한다. 놀라움을 표현하기에는 좋은 말이지만, 아름다움을 표현하기에는 적당하지 않은 듯하다.

그러나 도대체 아름다움은 어떤 말로 표현이 될 수 있나. 작가에 대해 말하고 싶을 때, 그저 아무 설명도 없이 그의 작품을 통째로 한 권 읽어드리고 싶은 것처럼, 이 아름다운 글자에 대해서는 그저 한 글자 보여드리면 되지 않을까.

할 수만 있다면 묵향까지 가득 담아, 할 수만 있다면 술 냄새까지 담아. 물론 그렇게 할 수가 없다. 난정서의 진본이 남아 있지 않기 때문이다. 난정서의 진본은 이미 말한 것처럼 당태종과 함께 묻혔다. 그럼에도 불구하고 그 난정서가 오늘날까지 전해지는 것은 다시 당태종 때문이다. 그는 당대의 많은 서예가들에게 왕희지의 난정서를 모사하게 했다. 왕희지의 글을 길이길이 남기고 싶은 그 마음은, 진심이다. 어쩌면 미안했을지도 모른다. 자신의 죽음과 함께 가져가버리기에는, 세상에 대해 너무 미안했을지도. 혹은 자기가 영원히 가져가버린 게 얼마나 위대한 것인지 그 증거를 남겨놓고 싶었을지도. 아무튼 오늘날 우리가 볼 수 있는 난정서는 전부 모사본들이다.

왕희지의 글씨는 우리나라에도 깊은 영향을 미쳤다. 왕희지를 거쳐 야만 그 후에 자신의 글법이 완성되었고, 예가 되었다. 추사 김정희 역 시 마찬가지다. 세한도의 글자들은, 왕희지로 출발해서 왕희지를 넘었 다. 누구나 넘기 위해서 배운다. 배우는 것은 그것을 넘을 때에 비로소 의미가 된다. 왕희지에서 세한도로 넘어가 오래 바라본다. 붓의 터치는 거칠다. 휙휙 빠르게 그어 내린 듯하다. 비어 있는 자리마다 스산하고 처연한데, 비어 있어 아름답다. 그리고 그 비어 있는 곳을, 그 스산함과 처연함을 글자가 잡아주고 있다. 그래서 글자는 더 단단하다. 왕희지가 그런 것처럼 추사도 하늘이 내렸다.

난정은 사오싱의 외곽에 있다. 아름다운 정원이다. 그리고 그 오래전, 잔을 띄웠던 물길이 있는 곳에서는 시회 재연이 펼쳐지고 있다. 기껏 관 광객을 상대로 한 놀이겠으나, 그래도 차마 참여는 못하고 쳐다만 보는 건, 평생 글은 썼어도 시를 제대로 써본 적은 없고, 더군다나 글자는 한 번도 제대로 써본 적이 없기 때문이다. 그런데도, 묵향이 코끝에서 나는 듯하다. 기억은 뜻밖의 곳에서 툭툭 튀어나온다. 초등학교 시절 서예 시 간. 그게 왜 떠오르나. 습자지. 한지라고도 안 부르고 습자지라고 불렀 던 것. 먹, 붓, 옷에 묻어 지워지지 않던 먹물. 빨래하는 어머니의 타박. 그러나 무엇보다도, 붓을 쥐고 마지막 획을 꺾기 위해 손목과 손가락을 파르르 떨던 그 기억…… 열 살 때였을까, 그 시절은…… 묵향은 이토록 오래간다. 열 살의 기억을 난징에서 하고 있으니.

멀리 난징이 아니어도, 사오싱의 고읍 안에서도 왕희지를 만날 수 있다. 슈성고리書聖故里, 바로 지산戢山 아래에 있는 기념지구이다. 이곳에서 왕희지의 고택인 계주사와 왕희지 박물관을 볼 수 있고, 묵지를 볼 수 있고, 또 제선교題扇橋를 볼 수 있다. 왕희지가 어느 날 다리를 건너다 부채 파는 노파를 보았는데 아무도 그 부채를 사주지 않는지라 딱한 마음에 그 부채에 그림을 그려주었더니 엄청난 값에 팔렸더라는…… 노파가 왕희지를 못 알아보고 왜 남의 부채에 낙서를 하느냐고 화를 냈고, 불티나게 팔린 이후에는 애걸복걸하였으나 다시 그림을 얻지는 못하였다는…… 뭐, 그런 이야기가 전해져오는 다리. 이야기는 진부하지만, 진부해서 더 있었을 법하게도 여겨진다. 왕희지는 어느 한낮의 풍류를 즐기고, 노파는 난데없이 계를 타고, 다리는 무너져 사라지게 될 그날까지 평생 불리게 될 이름을 얻었다. 그리고 관광객들은 그 다리를 보러 간다.

이 기념지구가 슈성고리라고 불린 것은 왕희지의 고거가 있기 때문이겠지만, 그곳에는 훗날 교육자로 명성을 떨친 차이위안페이의 옛날집도 있다. 그리고 삼괴당三槐堂도 있다. 이 삼괴당 얘기를 잠깐 하자. 삼괴당은 청말에 사오싱 지역에서 번성했던 전당포의 하나인 상덕당포를 복원해놓은 곳이다. 청말에 사오싱 지역에 유독 전당포가 번성했다고 하는데, 이 전당포가 그중 으뜸이었던 모양이다. 그런데 왜 전당포 이름이 삼괴당인가. 삼괴 왕씨는 왕희지의 성인 낭야 왕씨의 분파인데, 낭야 왕씨만큼이나 역사적으로 문명을 떨친 집안이다. 삼괴당은 바로 그 왕씨의 당호이다.

  사오싱 사야師爺에 대한 이야기도 잠깐 하자. 사야란, 정식으로 관직은 갖지 않은 채 막후에서 관리들을 돕는 막료들을 일컫는다. 사오싱에 이런 사야들이 유독 많아서 사오싱 사야라는 말이 생겨날 정도였는데, 그것은 인재의 적체 때문이었다. 문명을 떨칠 인재는 풍성했고, 과거에 합격한 인재들도 넘쳤으나, 그 모두가 관직으로 나갈 수는 없었다. 그래서 그 많은 사람들 중의 일부는 사야가 되고 일부는 상업으로 나갔다. 사오싱이 문향이면서 전당포가 넘쳐나는 곳이었던 사연이겠다. 와중에도 운하의 물은 흐른다. 사야들이 다리를 분주히 건너고, 사야가 되기보다는 돈을 벌어 성공하겠다는 사람들은 비단과 술을 싣고 배를 저어 간다. 이것이 근대의 사오싱이다. 글과 돈과 사람과 물을 품은, 그런 곳.

월나라로 가는 길

내가 서 있는 자리, 혹은 내가 머물러 있는 자리를 아는 방법. 그저 걷기. 걷다가 돌아보고 다시 걷다가 돌아보면, 내가 서 있던 자리가 한 뼘씩 멀어지고, 또 멀어지고, 그러다가 서서히 사라지고, 그리고 다시, 또 내가 서 있는, 내가 머물고 있는 새로운 자리, 그리고 다시 또 앞으로 걸어가야 할 길.

삶은 그래서 피로한가, 아니면 안타까이 빛나는 희망일까.

사오싱의 거리를 걷는 것은 어디를 어떻게 걷든 결국엔 역사를 향해 걷는 길이다. 그래서 앞으로 가는 길이 아니라 오히려 뒤로 걷는 길이다. 큰 길을 걷든, 좁은 길을 골목골목 걷든 결국에 만나게 되는 것은 까마득히 오래된 옛날, 아니 오래된 오늘이다.

창차오즈가를 걸을 때도 그랬다. 이 길의 끝에서 만나게 될 곳이 월왕 전越王殿일 줄은 몰랐다. 무심히 발 닿은 길이 그 길이었고, 그 길에 홀려 있다가 문득 도착한 곳이 그곳이었다. 오월동주, 와신상담, 토사구팽의 고사를 쏟아낸, 바로 그 월나라. 그 월나라의 도읍지가 사오싱이다. 그러니 사오싱에 온다는 것은 월나라에 온다는 것과 마찬가지다. 경주에 가는 것이 신라에 가는 것이듯.

그러나 월나라로 들어가기 전, 당신은 잠시 동안 창차오즈가를 걷게 될지도 모른다. 무심히 들어섰다가 깜빡 홀려버리는 이 거리. 오래된 오늘의 거리. 이 거리는 이 도시의 다른 곳과 전혀 다른 숨을 쉰다. 말하자면 에스프레소 한 잔이 정말 그리울 때, 당신은 사오싱의 가장 큰 변화가에서 정말로 괜찮은 커피숍을 찾으려고 노력해볼 수도 있겠지만, 대신 이곳 창차오즈가에서 문득 발견하게 될 작은 카페를 기대해볼 수도 있다는 것이다. 어떤 도시의 어떤 예쁜 골목, 그런 풍경을 상상한다면, 사오싱에서는 바로 여기가 그렇다. 찍어낸 듯이 예쁜 카페, 혹은 예쁘려고 노력하는 카페, 주방장이라고 하지 말고 꼭 셰프라고 불러야 할 사람이 오너일 것 같은 작은 레스토랑, 야외 테이블에 앉아 물가를 바라보고, 다리를 바라보며 한잔 마셔도 좋을 것 같은 소박한 바, 디자인 상품과 소품들을 파는 숍, 그런가 하면 도교의 사원이 있고, 소흥주 연구소가 있고, 항아리째 소흥주를 파는 술집이 있고, 어디선가는 취두부 냄새도 풍기는 이곳. 무엇보다 물길과 다리와 배, 무엇보다 사람들이 사는 집, 밖으로 내걸린 빨래들, 적당히 지저분하고 적당히 친밀한 눈빛을 가

진 개들, 그런 풍경이 있는 곳.

고작 1.5킬로미터의 이 거리를 걷는 동안 나는 커피를 마시고, 가게에 들어가 월나라 고성을 그려놓은 옛 지도를 사고, 누군가에 주고 싶은 오래된 서책 모양의 노트 한 권을 산다. 사진을 찍고, 다리 아래를 내려다보고, 다리 난간에 기대어 눈 닿는 데를 그저 오래 바라본다. 걷고, 쉬고, 바라보는 일이 질리지 않는 것은 사오싱이 아름답기 때문이고, 그 아름다움이 사람들의 삶과 함께 존재하기 때문이다. 카페들이 들어서고 소품가게들과 옷가게들이 들어서면서 전략적인 관광 거리가 되고 있는 듯한 이 길에서조차 삶은 빨랫줄의 속옷과, 밖으로 내놓은 대걸레와, 시꺼멓게 탄 화로, 다리 위에서 말라가고 있는 어린아이의 젖은 운동화 등으로 펄럭이고, 펄떡인다. 나는 분명 관광지에 서 있는데, 삶은 나를 관광객으로 밀어내지 않고, 오히려 빨아들인다.

거기서 잠깐만 쉬어, 나는 여기에 가만히 있을 테니, 말하듯이.

길에는 사람만 있는 게 아니라, 당연히 집들이 있다. 사람이 있으니 집이 있고, 집이 있으니 삶이 있다. 사오싱대문紹興台門, 이것은 사오싱 고유의 주택양식을 일컫는 말로 창차오즈가를 걷는 동안 발견하게 되는 많은 집들이 바로 그러한 주택들이다. 높고 흰 담, 검은색의 큰 대문, 검은 기와, 돌계단.

그중에서도 가장 전형적인 것은 계단을 밟아 들어가게 되는 대문이다. 문을 높게 둠으로써 신분을 나타내고, 귀신을 막고, 심지어는 물가의 습기도 막았다. 문 안으로 들어가면 앞마당이 나오고 또 문이 나온다. 그리고 나면 내정이 나온다. 루쉰고거, 저우언라이조거 등이 바로 그러한 특징을 가진 사오싱대문들이다.

중국뿐만 아니라 어느 나라에서나 마찬가지로 사람이 살고 있는 남의 집을 들여다볼 수는 없다. 아무리 호기심이 발동해도 그래서는 안 되는 일이다. 베이징의 후퉁 거리에서는 어느 집 대문 옆에 붙어 있는 이런 경고판도 보았다. "사람이 살고 있소. 제발 귀찮게 좀 굴지 마시오."

그래서 허락된 곳을 들여다본다. 중국인이 아니어서인가. 한국의 고택에서 느끼는 편안함을 여기에서는 느낄 수가 없다. 담은 너무 높고, 내정과 외정의 분리는 너무 결연해 보인다. 담과 담 사이의 길은 그 높은 담 때문에 실제보다 훨씬 더 까마득하게 보인다. 삶과 권위와 귀신과 사람의 사이. 대문은 그 모든 것을 끌어안고 있다.

대문에는 흔히 그 집안의 이름이 붙는다. 성을 붙여 김씨 집안 대문, 이씨 집안 대문일 수도 있고, 관직이나 벼슬의 이름을 붙여 명명할 수도 있다. 그중 유명한 대문 중의 하나가 장원 대문. 장원 급제자가 나온 집안이라는 뜻이다. 그러므로 이것은 이름을 넘어, 생명이 된다. 역사를 만든 집, 그러므로 역사가 이어지는 한, 이 집은 살아서 숨 쉬고 있다는.

그러므로 이 길은 오늘에서 과거로 갔다가 과거에서 다시 오래된 오늘로 가는 길. 아주 오래된 과거와 아주 오래된 오늘이 만나는 지점. 거기 어디쯤에, 푸산府山으로 꺾어지는 길이 나온다. 이 길을 설명하기 위

해서는 스마트한 지도 대신 오래된 고성의 지도를 보는 것이 낫다. 그리고 내게는 이미 그 지도가 있다. 창차오즈가의 어느 작은 소품가게에서 산, 고성 지도.

고성은 물길로 네모다랗게 쌓여 있다. 물길이 성의 성곽인 셈인데 푸산은 바로 그 서쪽 물길에 접해 있다. 이 산은 성 남쪽의 타산, 그리고 북쪽의 지산과 더불어 솥의 삼발을 이루고 있다. 삼발의 균형은 균등하고 단단하다. 오래전 도성은 그렇게 균등하고 단단하게 지켜졌을 듯하다. 그 오래전의 세월을 추억하기 위해, 푸산에는 월나라 기념공원이 조성되었다. 월나라의 왕궁이 이곳에 있었고, 남송 시기에는 황제궁이 여기에 있었다. 지금은 월왕전과 문중묘 등이 있다.

푸산으로 접어드는 김에 아예 이 도시의 역사 속으로 들어가 보기로 한다. 미리 말해둘 것은, 중국의 역사는 쉽게 건드리지 않는 게 좋다는 것. 그 세월의 길고 광대함에 대한 경고를 하려는 게 아니다. 아주 젊은 나라가 아닌 이상, 아니, 그런 나라들조차도 그들의 역사는 아주 오래된 나라의 역사만큼 길고 의미심장한 법이다. 중국 역사의 문을 열기가 조심스러운 것은 그것이 재현된 이야기와 문장들 때문이다. 역사의 문을 여는 순간 당신은 기록 속으로 들어가는 게 아니라 이야기 속으로 들어간다. 이야기는 끊이지 않고 이어지며, 이어지면서 더욱 넓어지고, 그리하여 당신은 그 안에 완전히 갇혀버릴 수도 있다. 들어갈 것인가, 말 것인가.

월나라의 선조 군왕 무여는 하왕조 우의 후손으로 월에 봉해졌다.

이 문장은 오월에 관한 역사서인 『오월춘추』[11] 「월나라 편」에 나오는 첫 줄이다. 전설과 일화와 설화를 두루 망라하고 있는 이 역사서는, 사마천의 사기가 그런 것처럼, 아니 그보다도 더, 매우 문학적이다. 이 역사서를 쓴 조엽은 월나라의 이야기를 시작하면서 하나라의 우왕을 가장 먼저 거론했다. 치수로 유명한 그 우왕이다.

우왕은 치수에 성공함으로써 천자의 자리에까지 오르게 되는데, 물을 다스리는 일이 얼마나 중요했으면 그랬을까. 물을 다스리는 것은 땅을 다스리고 하늘을 다스리는 일이거나, 아니면 땅에 복종하고 하늘에 무릎 꿇는 일과 같은 것이었을 터이다. 신화의 시대에는 어디에서나 물과 관련된 이야기가 있다. 물은 땅을 비옥하게 하지만, 땅을 파괴하기도 한다. 은혜와 재앙이 동시에 있는 것이다. 통치의 힘은 그 은혜와 재앙을 다스릴 수 있는 데서 온다.

치수에 성공하기까지 우의 성실함에 대한 기록은 또다시 역사를 넘어 문학이 된다.

우는······ 양자강을 따라 내려가고 황하를 거슬러 올라가며, 계수를 돌아다니고, 회수를 살피면서 몸을 수고롭게 하고 마음을 졸이고 애태우며 다녔다. 칠 년 동안 음악이 들려도 듣지 않았으며 집 문을 지나도 들어가지 않았고 관이 나무에 걸려도 돌아보지 않았으며 신발이 벗겨져도 주어 신지 않았다.

11 조엽, 『오월춘추-역주와 함께 읽는 오월상쟁의 역사』, 이명화 옮김, 일조각, 2009.

성실함만 있었던 건 아니다. 그래서는 이야기가 되지 않는다. 백성들을 궁휼하는 마음이 거기에 보태진다.

창오에 도착해서 관리를 심사하는데 묶여 있는 사람을 보자 우는 그의 등을 어루만지며 소리 내어 슬피 울었다.

익이 말하였다.

"이 사람은 법을 범하여서 본래 이같이 처벌해야 합니다. 그런데 무엇 때문에 그를 위해 곡을 하는 겁니까."

"천하에 도가 있으면 백성은 죄에 걸리지 않는다. 천하에 도가 없으면 죄가 착한 사람에게까지 미친다. 내가 들으니, 한 남자가 농사를 짓지 않으면 누군가 이 때문에 배고픔을 겪으며, 한 여자가 뽕잎을 따서 실을 뽑지 않으면 누군가 추위를 겪는다고 한다. 나는 임금을 위해 물길과 땅을 다스리고 백성을 보살펴 그들이 편안히 생활하고 각각 살 곳을 얻도록 하였다. 이제 저들이 이처럼 법에 걸려들었으니 이는 내 덕이 두텁지 못해 백성을 교화하지 못하였다는 증거이다. 그래서 저들을 위해 매우 슬피 곡하는 것이다."

오늘날에도 우 같은 정치인이 있었으면 좋겠다……. 중국에든, 우리나라에든…….

우는 삼황오제, 요순과 더불어 전설 시대의 존재이다. 이 전설 시대의 존재는, 전설에 의하면, 사오싱 회계에서 숨을 거두었다. 그래서 회계산

會稽山에는 우왕묘가 있다. 전설은 전설로 사라지는 대신, 오늘날의 사람들을 위해 기록으로 남은 셈인데, 우왕의 후손인 사씨 가문이 여전히 남아 아직도 묘를 보살핀다고 한다. 그러나 전설의 후손들만 전설을 받드는 것은 아닐 터, 전설이 존재해야 하는 이유는 살아 있는 사람들을 위해서이고, 살아갈 사람들을 위해서이다. 말하자면 바로 당신과 나, 우리를 위해 준비된 이야기들이다.

이제 드디어, 월나라로 가자. 우왕이 천하의 일을 논의하기 위해 제왕들을 불러 모았다는 곳, 그래서 회계산이라는 이름이 붙은 이곳은 그로부터 천 년이 흘러 월나라와 오나라의 격전지가 된다. 장장 20여 년 동안이나 이어지는 전투, 한 나라가 한 나라를 완전히 멸망시키기 전까지는 끝낼 수 없었던 이 가혹한 전투에서, 폐허와 사상자뿐만 아니라 수많은 고사와 영웅들이 탄생한다. 월왕 구천과 오왕 부차는 각기 전투에서 패할 때마다 쓸개를 핥아먹고 장작 위에 누워 괴로운 잠을 자며 복수를 다짐했다는 고사 와신상담으로 유명하다. 역사 속에는 빛나는 영웅만 있는 게 아니라 이들을 최고의 자리에 있게 하는 막후의 또 다른 영웅들이 있다. 오나라에는 오자서가 있고, 월나라에는 범려가 있다. 이들은 그들의 왕에게 승리를 선사하고, 그 후에는 내쳐진다. 이것은 거의 모든 막후들의 운명과 같다. 자신의 모든 것을 다하여 천하의 제왕을 세우지만, 그들 자신의 힘과 빛이 너무나 강력해, 제왕과 함께는 존재할 수 없는 운명이 되는 것이다. 그래서 토사구팽이라는 말이 생긴다. 범려는 자신의 왕을 제왕으로 만든 뒤 도망을 치듯 그 자리를 빠져나온다. 자신이 만든 왕이 자신을 '사냥에 이긴 뒤 개를 삶아먹듯' 삶아먹거나 죽일 것을 알았기 때문이다. 그렇게 하지 않았던 오나라의 오자서는 죽었다. 말하자면 토끼 사냥의 개가 된 것이다.

이 광대한 전쟁의 서사에 여인의 이야기가 빠질 리 없다. 서한의 왕소군, 동한의 초선, 당나라의 양귀비와 함께 중국 역사상 사대미녀 중의 하나로 일컬어지는 서시. 물가에 비친 그녀의 모습을 보고 물속 물고기마저 수영하는 것을 잊어 천천히 강바닥으로 가라앉았다는, 그리하여 침어서시라고 일컬어지는 그녀. 바로 그 절세미인 서시가 이 전쟁 서사의 주인공이다. 얼마나 예뻤으면 그랬을까. 오늘날 아름다움을 일컫는 단어는 비주얼이다. 보이는 것이라는 뜻이다. 역사 속의 아름다움은 비주얼로 보이는 것이 아니라 그 아름다움의 힘, 즉 이야기로 들려진다. 이 아름다움의 치명적인 힘은, 대개 두 가지의 갈래로 나뉘는데 기꺼이 나라의 멸망으로 이어지는 패국의 미, 그리고 기꺼이 나라에 바쳐지는 구국의 미가 있다.

삼황오제에서 하나라까지 전설 시대로 일컬어지는 제국들에 이어 드디어 역사적 실재로 모습을 드러내는 은나라(혹은 상나라로도 불린다) 부터가 그 참혹한 멸망을 미녀와 함께 한다. 주지육림酒池肉林으로 유명한 주왕은 그의 미녀 달기와 함께 나라를 망해 먹었다. 은나라를 이은 주나라 역시 미녀로 인해 나라를 망해 먹었는데, 절대로 웃지 않아 제왕을 애타게 했던 포사가 바로 그녀다. 주나라 마지막 황제 유왕은 포사를 웃게

하기 위해 봉화를 남발하다가 정작 외적이 침입했을 때는 속절없이 당하고 말았다. 그 후로도 수많은 왕국, 혹은 제국의 멸망에는 미녀 서사, 그것도 끔찍하기 짝이 없는 잔혹 서사들이 등장한다. 치명적인 미녀가 그토록 많아서라기보다는, 형편없고 어리석은 제왕이 그토록 많아서였을 터이고, 그들을 치고 새로 등극한 군주들이 자신의 명분을 강조하기 위해 더 부풀려 만든 서사이기도 할 것이다.

서시는 나라를 구한 미녀다. 이 미녀로 인해 생긴 고사들이 많은데, 그중 하나가 동서효빈東施效顰. 줄곧 병약한 여인이었던 서시가 가슴 통증 때문에 눈썹을 찌푸리는 것을 보고, 그 청초하고도 초췌한 아름다움에 반한 이웃 여인 동서가 그 모습을 따라 하고 다녔다고 한다. 그런데 그 모습이 너무나 추해 보는 사람마다 기겁을 하여 진저리를 쳤다는 것이다. 자기 분수를 모르고 함부로 남을 따라 하는 사람을 일컫는 고사다. 말하자면 뱁새가 황새를 좇아 하다가 가랑이 찢어진다는 우리 속담과 같은 말일 터인데, 서시가 얼마나 아름다운지는 짐작하겠으나 그 모습을 좇아 한 여인이 조롱거리가 되어버린 이 고사는 슬프기가 짝이 없다. 아름답고 싶은 한 여인의 소망, 그것이 아무리 어리석었다 하더라도, 한순간 어리석어질 정도로 사무치게 간절했을 것을 짐작하기 때문이다.

서시를 욕하지는 말자. 서시는 죄 없이 아름답게 태어나, 비단 짜는 집 딸이라 냇가에서 비단 빨다가 난데없이 발탁되어 남의 나라 왕에게 바쳐진 여자다. 그 아름다움이 기뻤겠나. 서시가 눈썹을 찌푸려 이웃집 여자에게 역사상 모욕이 될 전설을 남긴 그날은, 어쩌면 죄 없이 발탁되어 적국의 왕에게 바쳐질 신세가 된 그날일지도 모를 일이다. 그 슬픔이 너무 깊어 아름다울 지경이었다면, 나는 그 말이 이해가 된다.

사오싱 주지諸暨에는 포양강浦陽江을 낀 서시고리西施故里가 있다. 서시가 살았다는 곳이다. 그리고 바로 그 위쪽 산 아래 강가에는 완사석浣紗石이 있다. 빨 완, 비단 사, 돌 석. 서시가 비단을 빨던 곳이라는 뜻. 믿거나 말거나. 재밌는 건, 이 글자를 왕희지가 썼다고 일설에 전해진다는 것. 미인을 기리는 것은 왕희지뿐만 아니라 풍류 좀 안다 하는 옛날 사람이면 너나없이 하는 일이라, 사실 신기할 것도 없을지 모르겠다. 이백, 소식, 왕유를 포함해 후세의 수없이 많은 시인들이 서시에 관한 시를 남겼다. 일본 사람도 남겼다. 에도 시대의 시인 마쓰오 바쇼의 시다.

키사카타에 내리는 비
합환목에 핀 꽃을 적시니
그 산뜻함 서시와 다투네

다시 회계산으로 가자. 오나라 부차가 장작 위에 누워 이를 갈아가며 복수를 꿈꿔 마침내 월나라 구천을 무릎 꿇린 곳, 그리하여 앞으로 구천이 쓸개를 씹으며 또 다른 복수를 꿈꾸게 할 곳. 오월동주라는 고사성어는 적들이 한 배를 타 같은 일을 도모한다는 뜻이 되겠다. 그러나 정작 이 고사성어의 주인공들인 월나라와 오나라는 한 번도 같은 배를 타본 적이 없다. 전쟁은 승자와 패자를 나눴고, 복수의 열망을 낳았고, 또 다른 승자와 패자를 만들어냈다. 그리고 다시 복수.

월나라 구천은 부차의 아버지를 전쟁에서 죽였고, 부차는 와신 끝에 구천을 물리쳤다. 그리하여 구천은 이제 회계산 아래 절강가에서 부차의 종이 되기 위해 자기 나라를 떠나는 길이다. 부차의 종이 된 구천은 "쇠코옷을 입고 머리에는 띠를 둘렀다. 부인은 가장자리를 박지 않은 치마를 입고 옷깃이 왼쪽으로 뚫린 저고리를 입었다. 남편은 풀을 잘게 썰어 말을 먹이고 아내는 먹을 물을 대고 말똥을 치우고 청소하였다. 이같이 삼 년째 살면서······.(『오월춘추』)"

이같이 삼 년째 살면서 쓸개를 핥은 것은, 물론 다시 월나라로 돌아가 복수를 이루려는 것이다. 그리하여 구천은 말똥만 치운 게 아니라, 쓸개만 핥은 게 아니라, 부차의 똥도 먹었다. 비유가 아니라 말 그대로이다. "오왕이 구천을 불러 만나러 가는데, 마침 오왕의 대소변을 태재 백비가 들고 나오는 것을 방문에서 만났다. 구천은 그 틈을 타 절을 하며, 대왕의 대소변을 맛보아 대왕 병세의 길흉을 판단하겠다고 청하였다. 곧 손으로 소변과 대변을 찍어 맛보고는······."

적의 똥을 먹은 구천은 자신의 나라로 되돌아갈 기회를 얻는다. 즉, 복수의 기회를 얻는 것이다. 자신의 똥을 내준 부차는 이제 속절없이 자신의 모든 것을 내줄 차례다. 그리하여 스스로 칼에 엎드려 자신의 목숨을 스스로 내줄 때까지.

어리석은 제왕에게는 현명한 신하가 있다. 오자서는 간했다.

"밑에서 왕의 소변을 마시는 것은 위로 왕의 심장을 먹는 것입니다. 밑에서 왕의 대변을 맛보는 것은 위로 왕의 간을 먹는 것입니다."

이렇게 간한 오자서는 오히려 역모를 의심받아 처형되고, 적의 똥을 맛보라고 간한 범려는 자신의 왕을 승자의 자리에 올린다. 이 부분은 제왕들의 전쟁보다 훨씬 흥미로운 이야기인데, 먼저 어리석은 임금에게 자진을 명받은 오자서가 남긴 말을 보자.

"내 무덤 옆에 꼭 향오동나무를 심어서 그 나무가 자라면 왕의 관을 만들도록 하라. 그리고 월나라가 오나라를 멸망시키는 것을 볼 수 있도록 내 눈을 빼내어 오나라의 동문에 걸어두도록 하라."

말하자면 저주다. 그 저주에 대응하는 부차의 말도 있다.

"해와 달이 네 살을 뜯뜨고 회오리바람이 네 눈을 날리며, 불빛이 네 뼈를 태우고 물고기와 자라가 네 살을 먹으리라. 네 뼈는 변하여 재가 될 것이니 어찌 뭘 볼 수 있겠는가."

그런가 하면 범려, 자신의 왕을 쫓아 기꺼이 적국의 종이 되었던 범려, 적국의 왕에게 받은 온갖 유혹에도 불구하고 끝끝내 자신의 왕을 섬겼던 범려, 그리고 마침내 모든 것을 갖게 된 범려, 이 위대한 막후가 선택한 길은 영광이 아니었다. 그가 선택한 길은 사라지는 것, 완전히, 감쪽같이 사라져버리는 것.『오월춘추』의 마지막 부분을 보자.

"대왕께서 공업을 세우시고 수치를 씻으셨으니 이는 신이 오랫동안 자리를 차지하고 있었던 이유입니다. 신은 이제 사직을 청합니다."

구천이 측은해하며 눈물을 흘려 옷을 적시며 말하였다.

"나라의 사대부들이 그대를 옳다고 하고 백성도 그대가 옳다고 하며, 내가 그대에게 의탁하여 당신 가르침을 기다리라고 한다. 그러나 지금 그대는 떠나겠다며 멀리 가려고 한다. 이는 하늘이 월나라를 버리고 나를 손상시키는 것이며 나 또한 믿고 의지할 바가 없게 되는 것이다."

아름다운 이별인가? 그럴 리가. 그다음에 이어지는 구천의 말을 보자.

"내가 은밀히 말하건대 그대가 직위에 있겠다고 하면 나라를 나누어 함께 다스릴 것이며 떠난다고 하면 처자는 죽음을 당하리라."

말하자면 협박이다. 자신에게 모든 것을 준 신하에게, 가보기만 해봐, 죽여 버릴 테니, 하는 거다. 그만 죽이는 게 아니라 처자를 다 죽이겠다는 거다. 그런데도, 범려는 떠난다.

바로 여기에서 토사구팽의 고사성어가 등장한다. 범려는 떠나기 전 그의 평생 동지인 문종에게 역시 떠날 것을 권하며, 만일 머물러 있으면 결국 죽임을 당하게 될 것이라 충고했다.

'재빠른 토끼가 모두 죽으면 좋은 개는 삶아 먹는다. 적국이 멸망하면 모의하는 신하는 죽는다.'

범려가 문종에게 했던 말이다.

자, 여기서 반전 하나. 이야기가 흥미로우려면 반전이 있어야 하지 않겠나. 사실은 미녀 서시가 범려의 애인이었다는 것, 그래서 범려는 처자가 죽거나 말거나 서시와 떠났다는 것, 그 후 범려는 이름을 바꿔 중국 최대의 상인이 되어 엄청난 부를 누렸다는 것, 미녀 서시와 함께 월나라에 남은 자신의 처자는 죽거나 말거나…… 실은 죽지는 않았다. 구천은 협박과는 달리 범려의 처자를 죽이지는 않았다. 그렇더라도, 범려가 그러거나 말거나 애인과 떠났다는 사실은 달라지지 않을 것이다. 로맨스인가, 불륜인가. 믿거나 말거나.

월나라의 중심

5월, 남쪽의 도시는 뜨겁다. 한여름도 아닌 봄에, 기온은 어느새 삼십 도까지 육박한다. 대도시의 매연도 스모그도 없는 이 도시의 햇살은 맑고, 그래서 더 뜨겁다. 그리고 광장은 햇살과 무더위 아래에서 더 광장 같아진다. 왜 그럴까. 집회의 기억 때문일 것이다. 중·고등학교 시절 그 끔찍하던 매주 월요일 운동장 조회, 누군가는 꼭 한 명씩 정신을 잃고 쓰러졌던, 그럼에도 불구하고 끝없이 이어지던 교장 선생님의 훈화, 그리고 대학 도서관 앞에서 있었던 반정부 민주화 운동 집회, 태양은 묘지 위에 붉게 타오르고, 한낮에 찌는 더위는 나의 시련인지라, 그렇게 부르던 노래의 기억, 그리고 시청 앞…… 이한열 열사부터 노무현 전 대통령까지.

사오싱의 청스광장城市广場은 월나라 유적지들이 모여 있는 푸산의 동쪽 대선탑大善塔을 중심으로 이루어져 있다. 광장의 가장 큰 특성은 열려

있다는 것일 터. 전시관과 대극장과 산과 탑을 두르고도, 이 광장은 활짝 열려 있다. 현대적인 이 광장은 집회를 염두에 두고 조성되었다기보다는 도시 주민의 여유를 위한 공간처럼 보인다. 소리 높여 외치는 곳이 아니라 크게 또는 낮게 숨을 쉬는 곳. 날이 뜨거워서인지 광장에는 사람들이 많이 보이지 않는다. 몇몇의 사람들이 광장 주변의 나무 그늘 벤치에 앉아 휴식을 즐기고 있을 뿐이다. 광장 한가운데에는 기를 쓰고 관광을 하겠다는 나 같은 사람 정도가 보일 뿐인데, 역시 관광객의 시선을 한눈에 끄는 것이 보인다.

또 월나라다. 사오싱이 월나라 도읍지였던 시기의 지도가 바닥에 음각되어 있다. 거대한 지도다. 이 지도를 쫓아 걸음을 옮겨보면 비로소 사오싱의 물길이 보인다. 물길이 어디서부터 흘러 어디로 가는지, 어느 여울목에서 만났다가 다시 흩어지는지, 다리는 어느 물길을 건너 또 다른 다리와 만나는지, 그 모든 것이 보인다. 멋있다.

월나라 도읍지 사오싱이 아니라 현대 도시 사오싱을 한눈에 일괄할 수 있는 곳도 있다. 지산의 정상에 서 있는 문필탑文筆塔이 바로 그곳이다. 이 탑은 사오싱에서 가장 높지는 않지만, 가장 훌륭한 전망대이다. 탑의 높이는 약 36.8미터로 기록되어 있다. 지산은 산이라기보다는 야트막한 동산에 불과하니, 그 위에 약 40미터의 탑이 서 있다고는 해도 다른 도시의 전망대에 비교할 바는 아니다. 그러나 중요한 것은 높이가 아니다. 높이를 표시하는 숫자는 더더군다나 아니다. 도시를 전망하기 위해 탑 속의 계단을 꼬불꼬불 올라가는 동안 나는 다시 한 번 역사의

계단을 밟는 듯한 기분에 빠져든다. 그리고 마침내 도시가 보이기 시작한다. 더 올라가 보도록 하자, 더 많이 보일 테니.

전망은 탑신의 난간에서 하도록 되어 있다. 난간은 물론 열려 있다. 나한테는 산 위의 30미터 높이가 300미터쯤으로 여겨진다. 무서워서 난간으로는 나가지 못하고 간신히 벽에 기대어 문틀을 잡고 밖을 내다본다. 안전요원이 그런 나를 한심하게, 혹은 기특하게 쳐다본다. 덕분에 몇 마디 말이 오고 갔다. 그러나 무슨 심오한 말이 오고 갔겠는가. 이런 상황에서 오고 가는 말은 뻔하다. 너 어느 나라에서 왔니? 뭐 하러 왔니? 며칠이나 있니? 여기 좋니? 그리고 끝. 대개는 이렇지만, 이번에는 한마디가 더 이어졌다. 높은 건물이 하나 보이기에 저게 사오싱에서 제일 높으냐고 물어봤다. 아마도 그럴 거라고 했고, 아마도 그럴 거 같은 그 건물은 무역센터 건물인 거 같다고도 했다. 그러니까 사오싱 사람인 안전요원도 정확히는 모른다는 소리다. 그렇다면 관광객이 굳이 자료까지 찾아가면서 알 필요는 없다는 소리기도 하다.

높이는 지산 위 문필탑으로 충분하다. 비로소 내려다보이는 사오싱의 전경은, 이번에는 월나라가 아니라, 물이다. 아이고, 정말로, 물이다. 물과 다리다. 나는 언제 저 물을 다 건너보고, 언제 저 다리를 다 밟아보나. 물소리가 찰랑찰랑 들리는 듯하다. 아니, 찰랑찰랑이라는 표현은 옳지 않다. 철썩철썩, 스윽스윽, 물의 소리…… 그것을 무엇으로 표현하나. 밤의 물의 소리, 낮의 물의 소리, 새벽과 노을 녘의 물의 소리…… 그 모든 물의 소리들을.

다시 광장. 광장에서 익었던 머리의 더위를 식히기 위해 빙수집을 찾아들어간다. 이른바 눈꽃빙수. 수박빙수를 시켰는데 혼자 먹기에는 너무 양이 많아 보였다. 그런데 이 빙수, 눈물 나게 맛있다. 손님이라고는 달랑 나 혼자, 창밖의 도시를 바라보며 그야말로 너무 맛있어 눈물을 찔끔거리며 먹는다.

나는 지금 어디에 있나. 입안이 얼얼해지고 머리도 얼얼해져서, 숟가락을 빨며 문득 하는 생각. 나는 지금 어디에 있나.

이 빙수를 같이 먹고 싶은 사람들이 떠오른다. 기왕이면 낯선 사람이었으면 좋겠다. 팔자교 위에서 만났던 콴보다도 더 낯선 사람이었으면. 낯설게 만나, 커다란 빙수그릇에 같이 숟가락 꽂아가며 그저 빙긋 웃을 수 있는 사람이었으면.

아주 한참 전, 남미를 홀로 여행한 적이 있다. 그때도 광장, 기억해보니 그러네. 아주 더웠고, 더위를 식히느라 광장의 계단에 홀로 앉아 있었다. 잘생긴 남자 하나가 미소를 띠며 다가와 뭐라뭐라 말을 건네는데, 스페인어로는 입도 못 떼는 나, 알아들을 수가 없었다. 당황해서 쳐다만 보는 내게 그가 건네는 게 있었다. 마테 잔.

아시는지 모르겠으나, 마테는 빨대로 마시는 차다. 빨대를 마테잎 아래로 깊숙이 꽂아 마시는 차. 그리고 또 아시는지 모르겠으나, 마테는 같이 마시는 차다. 그러니까 빨대 하나로 당신도 마시고, 나도 마시는…… 그러니까 이 잘생기신 남자 분, 내게 마테를 같이 마시자는 거다. 빨대 하나로. 말 한마디 섞기 전에.

갑자기 웃음이 터져 나왔다. 왜 웃는지는 물론 그 잘생긴 남자에게 설명할 재간이 없었는데, 그분도 같이 웃었다. 여전히 마테 잔을 내게 내민 채로.

그로부터 아주 한참의 시간이 흘러, 사오싱의 빙수집에 홀로 앉아 있는 나, 그 마테 한 모금 마실 걸 그랬다는 후회가 든다. 그 마테 혹시 입천장이 델 만큼 뜨거웠을까. 아니면 적당히 식어 향긋하기만 했을까. 그 마테 한 모금 마시는 순간, 나, 그 잘생긴 남자 분과 한마디라도 통하게 되었을까. 추억은 늘 후회와 함께 온다. 그리고 떠오르는 소설 한 구절. 후회는 내가 저질렀던 어떤 일 때문에 생기는 게 아니라, 하지 않은 일 때문에 온다. 내가 하지 않았던 수많은 일들이 바로 오늘의 내가 되었다는.

그러고 보니 그렇다. 그러고 보니 후회할 게 참 많았네.

광장 옆에는 미술관이 있다. 어느 도시의 어떤 미술관이든 관람은 행복하다. 사오싱의 미술관은 별로 그렇지가 못하다. 특별전이 없는 날이라서 그런가. 상설전시만 있는 모양인데 눈길을 끌만한 게 전혀 보이지 않는다. 마치 개점휴업 상태 같은······.

그래도 왕희지의 고장이라 그런지 상설 붓글씨 전시가 있다. 서예에 눈이 깊지 못해서인지, 미술관의 분위기 때문인지 딱히 눈이 가지는 않는다. 난정에 있던 왕희지 전시관이 꽤 훌륭했던 것과는 많이 대조가 된다. 언젠가 특별전이 있을 때 와봐야겠다는 생각.

어떤 도시에 가거나 시간이 허락하는 한 대개는 미술관이나 박물관
은 한 군데쯤 들르는 편인데, 그동안 내가 가봤던 훌륭한 미술관이나 박
물관에 대해서는 여기서 굳이 말할 필요는 없겠다. 전혀 그렇지가 않아
서 인상적이었던 박물관도 있다. 하얼빈 근처, 아청에 있던 금나라 박
물관. 현대식으로 지어진 이 박물관, 건물은 근사한데 어찌나 관리를 안
하는지 화장실 냄새가 터지듯 풍겨 나오고, 화폭은 스카치테이프로 수
선되어 있고, 먼지가 뽀얗게 내려앉은 전시상자도 있었다. 내가 방문했
을 때는 그랬다는 소리다. 그런데도 내게 이 박물관은 엄청난 인상으로
남게 되었는데, 그곳에 있던 동경전시실 때문이었다. 청동거울 말이다.
수없이 많은 청동거울들이 잘 관리가 되지 않은 전시실 안에 가득했다.
나는 마치 그 거울들 속으로 빠져 들어가는 듯했다. 황홀하고, 먹먹하
고, 은근해지고, 슬퍼지는 느낌이었다. 다시 또 하얼빈에 가게 된다면,
이 박물관이 여전히 관리되고 있지 않거나 그 후로 더 나빠졌다 하더라
도 나는 아마 다시 가게 되겠지 싶다.
이 박물관을 배경으로 소설 「감옥의 뜰」의 한 장면을 쓰기도 했었다.
읽어드리고 싶다.

박물관에는 동경 특별전시실이 있었다. 시대를 망라한 동경들이 넓은
전시실 하나를 가득 채웠다. 오래전 여인들의 꿈과 욕망을 비추었을 동경

들은 세월을 좇아 거무튀튀한 색깔로 변색되어 있었다. 어머, 이것 좀 봐요. 화선이 가리킨 곳에는 동경에 슬어 있던 녹을 존재 당시의 상태로 말끔하게 닦아놓은 견본품이 놓여 있었다. 그는 동경의 원래 색깔이 황금빛을 닮은 노란색이라는 것을 그곳에서 처음 알았다. 거울은 화선의 둥근 얼굴을 가득 담고 노랗고 은근하게 빛났다. 그 거울 속에서 화선의 얼굴은 창백해 보이지 않았고, 예민해 보이지도 않았다.

유리상자 안의 동경들은 세월의 녹을 묻힌 채, 그 거울 속에 담겼던 천 년 전 여인들의 얼굴을 모두 지워버린 채, 완강하게 어두웠다. 화선과 그는 이제 그 존재의 형식이 달라진, 푸르고 검은빛의 동경들을 오래 들여다보았다. 거울은 차갑고, 무겁고, 조용했다. 우리는 오래 살 거예요. 화선이 말했던가. 우리는 오래 살겠지만 아무도 우리를 기억하지 않을 거예요. 그리고 또 화선은 말했을 것이다. 참…… 다행이에요.

이 금나라 박물관은 아골타가 세웠던 1100년경의 금나라를 기념하는 박물관이다. 월나라는 그전, 그것도 한참 전, 이천 년 전, 기원전이다. 도대체 그 오래전의 사람들은 뭘 했을까? 역사는 전쟁의 기록이지만, 그 오래전에도 사람들은 먹고 자고 사랑하고 아이를 낳고, 저지른 일과 하지 않은 일을 후회하며 살았을 것이다. 아니었을까? 삶이 훨씬 단순했을까, 혹시? 걱정의 수도 훨씬 적고, 후회의 수도 훨씬 적었을까. 그래서 지금보다는 훨씬 쉽게 행복했을까…… 모를 일이다.

사오싱의 박물관은 푸산 남쪽에 있다. 거대한 입석이 세워진 박물관 광장과 건물은 인상적이다. 이 안에 월나라의 역사가 담겨 있다. 신석기 시대의 유물들도 보인다. 월나라로 오기까지, 이 땅의 숨결은 일만 년 전부터 이렇게 이어져왔고, 월나라 후 다시 이천오백 년 넘게 흘렀다. 아무리 훌륭한 박물관이더라도 그 모든 숨결을 담기는 벅찰 것이다. 문득, 영화 〈박물관이 살아 있다〉가 떠오른다. 사오싱의 박물관도 밤마다 살아 움직일지 모르겠으나, 그리 유쾌하거나 발랄할 것 같지는 않다. 영화에서처럼 공룡이 살아 꼬리를 흔드는 대신, 구천과 부차가 살아 나와 끝나지 않을 싸움을 다시 벌일 것 같다.

　여기서 잠깐, 그 유명한 구천의 검을 사오싱의 박물관에서 볼 수 없다는 것을 말해야겠다. 구천의 검은 1965년에 허베이성에서 출토되어 그곳 박물관으로 갔다. 왜 하필 그 먼 허베이성인가. 그에 관한 고사가 있다. 구천이 오나라 왕, 부차의 아버지인 합려에게 세 자루의 칼을 바치고 화청을 청한 적이 있다. 그 검들의 이름이 어장, 반영, 잠로였는데, 어장은 신하를 죽이는 데 사용했고, 반영은 자살한 딸과 함께 부장했고, 잠로검만이 남았다. 그런데, "잠로검은 합려의 무도함을 싫어하여 오나라를 나와 물길을 따라 초나라로 갔다." 당시, 오나라는 초나라와 전쟁 중이었다. 허베이성은 바로 그 초나라가 도읍했던 곳이니, 구천의 검이 그곳에서 발굴된 이유다.

슬픔의 다리

베이징에 살 때 메이란팡고거梅兰芳故居에 간혹 들르곤 했다. 그 유명한 경극 배우, 여자보다 더 아름다운 남자로 일컬어졌다는, 장국영이 연기한 〈패왕별희〉의 실제 모델이기도 하다는, 바로 그 메이란팡. 경극을 좋아해서라거나, 메이란팡에게 뭔가 매료된 바가 있어서는 아니었다. 베이징의 모든 거대한 것들, 그러니까 거대한 궁전과 거대한 고택들 사이에서, 나는 그 작은 집, 그 작은 기념관이 좋았다. 모든 큰 것들, 모든 형식들로부터 빠져나와 비로소 삶 속으로 들어가는 듯한 기분이랄까.

그 기념관에서는 오래된 경극 필름이 항시 상영되고 있었다. 나는 경극을 이해하지도 못하고, 즐기지도 못했지만 그 필름 속 손끝의 움직임에는 반했었다. 손은, 손끝은, 말하고 노래하고, 사랑하고, 흐느꼈다. 그걸 보고 있으면 항상 호텔 창밖으로 투신자살을 한 장국영이 떠올랐다. 장국영은, 〈패왕별희〉와 〈해피 투게더〉에서 동성애자를 연기했었다.

경극은 남자들만이 연기하는 극이다. 양귀비든, 우미인이든 경극에서는 다 남자다. 남자가 연기하는 치명적인 아름다움, 그래서 더욱 치명적일까.

경극은 베이징, 즉 북경의 경자를 따서 생긴 이름이다. 베이징에서 발전했기 때문이다. 그래서 영어로는 Peking Opera.

소흥에는 위에쥐, 즉 월극越劇이 있다. 경극과 함께 중국의 2대 가극으로 불린다. 월극이라 불릴 때 이미 짐작했겠지만, 월극은 사오싱으로부터 발전했다. 그래서 월극은 소극紹劇이기도 하다.

경극과는 달리 무슨 특색이 있을까. 가장 눈에 띄는 것은 여자들만 한다는 것. 경극이 남자들만 한다면 월극은 여자들만 한다. 처음에는 그렇지 않았다는데, 근현대를 거치면서 완전히 여성극단이 되었다. 여자가 연기하는 남자는 그래서 아름다운가? 장국영이 영화 〈패왕별희〉에서 연기했던 우미인처럼 아름다운가. 이 경우에는 멋있다고 말을 해야 할까, 〈패왕별희〉의 항우처럼?

힘은 산을 뽑고, 기운은 세상을 덮는데

때가 불리하여, 오추마는 나가지 못하는구나

말이 나가지 못하니, 어찌해야 할꼬

우야, 우야, 너를 어찌해야 할꼬

전쟁에서 지고 이제 곧 자결을 하게 될 남자, 역발산기개세力拔山氣蓋世, 아직도 힘은 산을 뽑고 기운은 세상을 덮친다고 말할 수 있는 남자, 그 남자가 때를 얻지 못하여 모든 것을 잃게 될 순간, 마지막으로 목을 놓아 부른 것은 그의 여자, 우미인이었다.

우야, 우야, 너를 어찌해야 할꼬!

경극에만 패왕별희가 있는 것은 아니다. 월극에는 '우미인'이 있다. 유방과 천하의 패권을 다투었던 항우는 모든 전쟁에 우를 데리고 다녔다. 영웅이라 불리고 제왕이라 불렸던 남자, 그 남자가 모든 것을 잃기 전 그녀의 이름을 불렀을 때, 그녀는 자결로 답을 했다. 남자에게 짐이 되지 않기 위해서였다.

월극은 광둥어로 상연된다. 만다린이라고 알려진 북경어와 칸토니스로 알려진 광둥어는 완전히 다른 언어다. 같은 문자를 가진 완전히 다른 언어. 월극이 발전되던 초기 이 극이 자기 지방의 언어로만 상영되었을 것을 짐작하기는 어렵지 않다. 지금은 그렇지는 않다. 그렇더라도, 광둥어의 느낌을 느껴볼 수는 있을지 모른다.

광둥어는 내게 완전히 낯선 언어다. 그 언어의 뜻을 이해하지 못하는 것은 차치하고라도 그 언어가 들려주는 느낌도 잘 모른다. 그렇더라도, 가극에는 소리가 있고, 움직임이 있다. 언어의 중심으로는 못 들어가더라도 언어의 주변을 느껴볼 수는 있을지도 모른다.

사오싱에는 당연히 월극을 공연하는 극장이 있고, 월극 정기 공연이 있다. 그리고 나는, 그 월극을, 사오싱에서 꼭 보고 싶었다. 극장에서, 좋은 자리의 표를 사서, 반듯하게 잘 앉아. 그래야 뭘 느껴도, 조금이라도 제대로 느낄 수 있을 것 같았으나 그럴 기회를 놓쳤다. 정기공연의 날짜를 못 맞췄기 때문이다.

그렇더라도, 볼 기회는 있다. 심원의 밤. 심원은 송나라 시대의 거상이었던 심씨 집안의 정원이다. 작은 마당이 아니라 거대 별장이다. 호수도 있고, 가산도 있고, 물론 다리도 있다. 비가 내리는 날, 대나무가 비와 바람에 흔들린다. 그저 마냥 앉아서 호수를 바라보며 쉬고 싶어지게 만드는 곳, 사진도 찍지 말고, 요란도 떨지 말고, 그저 가만히 앉아만 있고 싶게 만드는 곳.

비가 그치고, 바람이 잦아들고, 빗물을 머금은 밤이 시작된다. 그리고 그곳에서 시작되는 월극, 〈채두봉釵頭鳳〉. 슬픈 사랑의 노래다.

발그레한 섬섬옥수로 내게 황등주를 부어주었지

성안 가득 만연한 봄날 궁벽의 버드나무

짓궂은 동풍에 인연이 깨어져

그리움과 한에 사무친 마음, 외로운 나날이 몇 해던가.

잘못이구나, 잘못이구나, 잘못이구나.

봄은 예와 같건만, 사람은 여의어 가는데

연지 묻은 손수건이 눈물에 젖는구나

도화꽃 떨어지고, 누각마저 쓸쓸하니

사랑의 맹세 변함없다 한들, 금서는 전하기 어렵구나

그만두자, 그만두자, 그만두자!

　

　송나라 시인 육유의 시다. 육유는 어머니의 강요로 사랑하는 아내 당완과 어쩔 수 없이 이혼한 뒤 몇 년 후 이곳에서 우연히 마주쳤다. 그러니까 이곳, 심원. 그리고 그곳에서 맞닥뜨리는 우연. 사랑하는 사람. 아무리 세월이 흘러도, 어떻게 해도, 사랑했던 사람이 되지 않고, 그저 끝없이 사랑하게만 되는, 그녀.

　

　잘못이구나, 잘못이구나, 잘못이구나 세 번 외친 절구는 '그만두자, 그만두자, 그만두자'로 이어진다.

　그래야 할까. 그만둬야 할까. 그만두는 게 맞는 걸까. 나는 시구를 좇아 세 번 중얼거려본다. 세 번만으로는 그만두게 될 것 같지가 않다. 그렇다면 얼마나 여러 번 반복해 외쳐야 그만두게 될까, 또 중얼거려본다. 그만두자라고 번역된 글자는 현대어로 읽으면 모莫, 고어로 읽으면 '무'라고 한단다. 광둥어로는 뭐라고 읽힐까. 나는 그냥 무, 무, 무 한다. 무, 무, 무, 몇 번을 외치면 정말로 무가 될까 생각하며.

월극은 내 귀에 경극보다 훨씬 더 현대 친화적으로 들린다. 훨씬 부드럽고 풍요하게도 들린다. 극적인 요소보다 노래적인 요소가 더 강하게 들리는데, 가사를 모르니 그저 느낄 뿐이다. 비 그친 봄밤, 천 년 전 어느 귀족의 정원이었다는 심원의 밤이 사랑을 이룰 수 없었던 연인들의 슬픔과 함께 깊어간다.

심원을 떠나기 전에 한 가지만 덧붙인다. 심원에는 흔들리는 다리가 있다. 다리를 그네처럼 매달아놓아 다리를 건널 때 흔들리게 만들어놓은 것이다. 남송시대부터 있던 다리인지, 오늘날에 관광객들을 위해 재미로 만들어놓은 다리인지 모르겠다. 아마 후자일 성싶다. 그런데도 한 번 건넜다가 다시 되돌아와 그 다리를 한 번 더 건넜다. 흔들리면서 몸으로 노를 젓듯이 건너는 다리.

나보다 여섯 살이 많은 언니는 초등학교 시절 징검다리를 건너다 물에 빠져 죽을 뻔한 경험이 있다고 한다. 물에 떠내려가는 걸 군인 아저씨가 구해주었다니, 참으로 오래전 얘기다. 겨우 여섯 살 차이임에도 내게는 징검다리에 대한 경험이 없다. 무너질 듯한 나무다리를 간신히 건너본 경험도 없다. 통나무 하나로 만들어진 다리를 건너본 적은 더욱 없고, 외나무다리에서 누군가를 만나본 적도 없다. 건너온 다리를 가차 없이 무너뜨려 누군가를 크게 배반할 일도 없었다.

보통의 사람, 보통의 삶이었다. 그러나 내세울 것 없이 건넌 다리들, 목숨도 걸지 않았고 인생의 어느 거대한 한순간을 걸지도 않았으나, 울면서 건넜던 다리들, 휘청거리며 건넜던 다리들, 건너다 멈추어 넋이 빠졌던 다리들……. 그 시간들의 총체가 내 삶이 아니랴. 흔들리며, 흔들리며 노를 젓듯이 저어가는 삶. 그 삶에 깃든 노래가 사랑과 이별의 노래이기만 했을까. 모욕과 모멸, 수치와 굴욕, 무엇보다도, 스스로 조용히 포기했던, 외면했던, 그러면서 스스로에게 아닌 척했던…… 그렇게 나이가 들어갔던.

무슨 까닭으로 그 다리로 다시 돌아갔을까. 뭐 그리 유별난 다리라고. 그런데도 다시 한 번 흔들흔들 건너오며, 높이 걸려 있지 않아 아주 무섭지는 않고, 크게 흔들리지 않아 많이 어지럽지는 않은 다리를 다시 한 번 건너며, 딱 이만큼만 흔들리며 살았으면 좋겠네. 안 흔들리면 끝나는 거니까, 다 건너가 버린 거니까, 흔들리기는 흔들려야겠지. 그런데 딱 이만큼만 흔들렸으면 좋겠네, 했다. 월극이 상영되던 그 밤에.

흔들리지 않는 자들의 다리

우왕이 회계에서 잠든 후, 이곳은 모든 제왕들의 성지가 되었다. 요순을 건너 역사상의 나라인 상나라로 오기까지 우의 하왕조는 전설과 역사를 잇는 다리가 되었다. 제왕들은 우왕묘에 엎드려 절함으로써 그들 또한 전설이 되고자 했다. 역사상 최초의 통일제국이었던 진나라의 시황제부터, 마지막 제국이었던 청나라의 황제 강희제까지. 황제들은 우왕이 묻힌 곳을 찾아와 엎드리고 엎드리고 또 엎드렸다.

역사는 그로부터 현대로 이어진다. 문화대혁명 시기 우왕의 머리는 잘려나간다. 전설의 왕이라 시신은 찾을 수가 없어 부관참시는 하지 못했다. 그 대신 묘를 부수고, 동상의 머리를 깨뜨렸다. 대체 왜? 중국 문화대혁명에 관해서는 도대체라는 질문을 하기가 어렵다. 나로서는 대답을 구하는 게 거의 불가능한 질문으로까지 여겨진다. 그 거대한 집단 광기는 내게 정치로도, 문화로도, 민족성으로도, 정신병적으로도 설명이 되지 않는다. 그래서 그저, 묻는다. 대체 왜? 대체 무엇이?

　문화대혁명에 대한 설명을, 그래도 간단히는 하고 넘어가자. 내 부족한 요량과 언어로는 도무지 간단히 설명을 하기가 힘드니 인터넷에서 찾은 짧은 정보로 대신하자. 중국사 다이제스트 100에 나와 있는 설명 중의 일부다.

　　1966년 시작된 문화대혁명은 본디 '무산계급 문화대혁명'으로 모택동에 대한 개인적인 숭배를 조장하는 세력들과 당권을 되찾아 혁명의 원칙을 지켜내고 과업을 완수하고자 하는 모택동의 조급하고 유토피아적인 의지가 결합되어 나타났다. 무산계급인 인민으로부터 임의로 그들의 적으로 규정된 무수한 사람들에게 무차별적 공격이 시작되었다. 계급의 적으로 몰린 수많은 과거의 혁명 영웅, 전문가, 학자, 민주인사와 군중이 수시로 학대와 고문, 혹형 등으로 처참하게 희생되었다. 정치혁명이나 경제혁명과 달리, 문화혁명은 인간의 의식을 개조하여 혁명을 완성한다는 것이기에 더욱 자의적이고 근본적이며 과격한 형식을 띠게 되었다.[12]

　많은 사람들이 다쳤다. 그것도 아주 깊게, 회복할 수 없을 정도로. 그러니 이미 죽어 역사에 묻힌 사람쯤이야…… 지나간 역사쯤이야……

12　https://terms.naver.com/entry.nhn?cid=62059&docId=1833063&categoryId=62059&expCategoryId=62059

이렇게 생각해도 될까. 아니면 죽은 사람, 역사에게까지 미친 광기라고 해야 할까.

그때 부서진 것이 우왕의 머리만은 물론 아니다. 수도 없이 많은 사찰들이 '아편과 다름없는 종교'라는 이유로 부서졌고, 승려들은 스스로의 믿음과 스스로의 존재를 자아비판하고 비판하고 또 했으며, 죽어서 스스로를 비판할 수 없는 봉건군주들은 부관참시되고, 그 기념물들은 파괴되었다. 우왕은 전설 속 봉건시대의 제왕이다. 치수를 했건 말건, 역사를 열었던 말건, 7년 동안 집에도 들르지 않고 오직 치수만을 했다고 알려진 성군이건 말건, 짓밟히고 깨어졌다. 천 년 가까이 서성으로 받들어 모셔졌던 왕희지, 유사 이래 가장 아름다운 글로 평가받는 난정집서가 생겨난 난정도 파괴되었다. 왜? 왕희지가 글씨를 어떻게 쓰든 말든, 글이 밥 먹여 주나, 글이 인민을 살리나, 중요한 건 왕희지가 한때 봉건관료였다는 사실뿐이었다. 이 고장이 낳은 또 한 사람의 걸출한 문인이자 학자인 서위의 집, 청등서옥靑藤書屋도 같은 이유로 파괴되었다.

시간이 다시 흘러, 파괴된 문화재들은 복원되었다. 지금 회계산 정상에 서 있는 우왕 동상은 그 후 새로 세워진 것이고, 청등서옥도 마찬가지로 복원되었다. 난정도 복원되었으나, 왕희지가 글씨를 쓴 비석만은 그 당시 파괴되었던 흔적이 남은 채 그대로 보존되어 있다. 문혁을 기억하기 위해 그 비석을 보존했을 리는 없다. 왕희지의 글자라서 보존했을 것이다. 광기가 사라진 후, 밀려드는 슬픔과 어리둥절함 속에서 돌에 새겨진 왕희지의 글자를 바라보며 자신도 모르게 당황하고 있을 사람들…… 그들의 모습이 눈앞에 보일 듯하다. 슬픔인지 어리둥절함인지 알 수 없는 사이에서 당황하고 있는 사람들의 모습, 그들은 다시 역사로 남고, 다시 문학으로 남는다.

그해 여름, 허삼관은 밖에서 돌아와서는 허옥란에게 말했다.

"오면서 보니깐 집에 붙어 있는 사람들이 거의 없던걸. 전부들 거리에 나가서는 말이야. 내 평생 사람들이 길거리에 그렇게 많이 모인 걸 보기는 처음이야. 팔에 다들 빨간 완장을 차고서 행진하고 표어를 쓰고, 대자보를 붙이고……."

위화의 『허삼관 매혈기』[13] 중 한 구절이다. 허옥란은 그 허삼관의 아내이다. 그리고 이제부터 아주 길게 이어질 인용문은 작중 주인공인 허삼관이 묘사하는 문화대혁명이다. 허삼관이 어디 사람인지는 작품 중에 정확하게 밝혀져 있지 않다. 그러나 작가인 위화가 항저우 사람이다. 그리고 항저우는 상해로부터 사오싱을 거쳐 가는 곳이다. 이 이야기를 문화대혁명 당시 사오싱의 풍경으로 읽어도 무방할 것 같은 이유다.

"길가의 벽은 죄다 대자보판이라구. 한 장씩 계속 덧붙여대니까 점점 두꺼워져서, 꼭 벽에다가 솜저고리 입혀놓은 것 같더라니까. 그리고 길거리에서 현장을 봤는데, 그 뚱뚱한 사람 말이야. 예전에는 마을에서 제일

13 위화, 『허삼관 매혈기』, 최용만 옮김, 푸른숲, 2007.

잘 나가던 사람이었잖아. 전에는 손에 찻잔을 들고 다녔는데, 지금은 깨진 세숫대야를 들고는 계속 두드리면서 자기를 욕하고 다니는 거야. 자기 머리는 개대가리, 자기 다리는 개다리라고 하면서 말이야……."

"알아? 공장이 왜 문을 닫았는지, 가게가 왜 문을 닫았는지, 학교에서 애들을 왜 안 가르치는지, 당신이 왜 꽈배기를 못 튀기는지…… 왜 사람들이 나무에 묶이고 외양간에 갇히는지, 왜 맞아죽는지 아냐구? 모 주석께서 한 말씀하시면 그걸 노래로 만들고, 그 말씀을 벽에 걸고, 차나 배에다 써넣고, 침대보와 베갯잇, 컵, 냄비, 심지어는 화장실 벽이나 타구에까지 새겨 넣는 이유를 아냐구? 모 주석의 이름을 부를 때 왜 그리 길게 부르는지…… 자, 들어 보라구. 위대한 영도자이시며, 위대한 원수이시며, 위대한 스승이시며, 위대한 조타수이신 모 주석, 만세 만세 만만세. 다 합쳐서 마흔 자도 넘는 이걸 한 번에 읽어 내야 한다구. 중간에 쉬면 안 된다구. 왜 그런지 알아? 이게 바로 문화대혁명이다 이 말씀이야."

또 한참의 세월이 흘러, 조선족 작가인 금희는 소설 「봉인된 노래」 속 인물을 통해 이렇게 말한다.

"나는 마오쩌둥의 이름이 모 주석인 줄 알았잖냐."

다시 『허삼관 매혈기』의 허삼관에게로 돌아가 보자.

"문화대혁명이 무엇이냐? 개인적인 원수를 갚을 때 말이지. 예전에 누가 당신을 못살게 굴었다 치자구. 그러면 대자보를 한 장 써서 길거리에 붙이면 끝이야. 법망을 몰래 피한 지주라고 써도 되고, 반혁명분자라고 써도 좋아. 아무렇게나 써도 된다고. 요즘은 법원이라는 것도 없고, 경찰도 없다구. 요즘에 제일 많은 것이 바로 죄명이야. 아무거나 하나 끌어와 대자보에 써서 척 붙여버리면 당신은 손쓸 필요도 없이 다른 사람들이 잡아다 작살을 내 버린다 이 말씀이야……."

허삼관의 어조가 이렇듯 펄펄 날아갈 즈음 삼락이가 문을 열고 들어와 소리쳤다.

"대자보가 붙었는데 엄마보고 화냥년이래요!"

그리하여 영문도 모른 채 허옥란이 자아비판을 해야 했던 거리, 화냥년이라는 팻말을 목에 걸고 하루 종일 서 있어야 했던 거리, 머리를 밀리고 돌을 맞아야 했던 거리, 그 거리는 당원들 혹은 당권투쟁을 했던 권력자들의 거리가 아니다. 보통의 사람들이 보통의 삶을 살아가던 거리다.

꽈배기를 튀기던 여인 허옥란, 돼지간 볶은 것을 안주 삼아 황주를 마시고, 소룡포를 먹고 훈둔을 먹던 허삼관의 거리, 허옥란이 꽈배기를 튀겨 팔고 허삼관이 피를 팔던 거리.

나는 오늘, 바로 그 거리로 나아가기로 한다. 하루 종일 아무 일 없이, 그냥 보통 사람들의 거리를 걷기로 한다. 배고프면 밥 먹고, 다리 아프면 물가에서 쉬고, 빙수도 사 먹고, 커피도 마시기로 한다.

물길로 해자를 파놓은 듯 물로 둘러싸인 도시. 이 도시는 몇 개의 도로로 가로 세로 구획화되어 있다. 남북으로는 중흥, 해방, 동서로는 승리, 인민, 연안로. 그리고 지도를 꽉 채운 작은 길들과 작은 물길들, 그리고 다리들. 나는 오늘 이 길 중의 어느 한 길을 골라, 그 길이 어디인 줄도 모르면서 그저 걸어보기로 한다. 다행히 이 도시는 물로 싸여 있어 물 밖으로만 나가지 않으면 떠났던 자리로 되돌아올 수도 있을 것 같다. 중흥로를 중심으로 남북 한 시간 도보 거리, 인민로를 중심으로 동서 또 한 시간 걷는 거리다.

시작은 광장으로부터. 광장은 어디에서나 중심일 터인데, 교통보다도 삶에 대해 더욱 그러할 것이다. 이 광장을 중심으로 시장도 있고, 쇼핑가도 있고, 이것저것 볼 것도 많고, 뒷골목들도 많다는 걸 나는 이미 알고 있다. 이 거리를 왔다 갔다 하며 늘 지도에 표시되어 있는 어떤 지점들을 찾아다녔었다. 오늘은 그러지 않기로 한다. 지도를 놓고 걷기. 길을 잃으면 어떤가. 큰 물만 건너지 않으면 언제나 이 도시 안, 가로 세로 한 시간 거리일 터인데.

내가 내 마음대로 선택한 도시의 중심에는 낡은 석조 기념비가 서 있다. 길 한가운데, 조금 난데없는 느낌으로. 청나라 말기에 반봉건 민주주의 혁명운동가였던 여성 운동가 치우진을 기념하는 비다. 지도를 내려놓았듯이 기록과 자료에서도 멀어질 일이지만, 치우진 기념비를 지날 때마다 그녀의 기록이 떠오르는 것은 어쩔 수 없다. 반체제 혁명운동 중 체포당해 서른세 살에 처형을 당한 치우진, 그녀가 청나라 추종자들을 모두 죽여 버리겠다며 지니고 다녔다는 일본도. 그녀가 요구했으나 이루지 못했다는 이혼 과정. 그녀가 봉건 정부를 전복하기 위해 제조했다는 무기들…… 그 시절에, 이 여인, 힘들었겠다. 그 시절 그녀의 동지들 누구나 힘들었겠으나, 이 여인, 여자라서 더 외로웠겠다.

외로웠으나, 목숨과도 맞바꿀 꿈과 목표와 정의가 있었으니, 그나마 부조리한 삶을 사는 데 견디는 힘이 되었을 것이다. 그로부터 아주 오랜 세월이 흘러, 오늘, 우리에게 그런 꿈과 목표와 정의는 무엇일까. 이 부조리한 생을 견디게 하는 힘은 무엇일까.

돈을 많이 벌고 싶다. 아주 부자가 되고 싶다. 그런데 목숨을 건다고 해서 이게 되는 일인가? 혁명은 목숨을 걸면 될 것도 같은 일, 왜냐하면 나 혼자 거는 목숨이 아니니까. 그런데 돈을 많이 벌어 아주 큰 부자가 되고 싶은 이 소망은, 슬프고, 쓸쓸하고, 허망하고, 초라하다.

다행히 여기는 사오싱, 그리고 봄이다. 보이는 곳마다 다정한 물길이고, 초록이고, 나처럼 적당적당 가난한 사람들이 이리저리 붐벼 다니는 거리들이 있는 곳이다. 그러니, 치우진 기념비 앞에서는 싸고 맛있는 훈둔을 먹을 것. 한국에서 어느 날, 뱃속의 허기 때문이 아니라 맘속의 허기 때문에 뭐라도 채워 넣고 싶을 때, 잔치국수 장터 국수 한 그릇 말아 먹고 싶듯이.

훈둔, 이 가난하고, 맑고, 따뜻한 음식…… 소흥의 훈둔을 먹으러 간다.

광장 앞에는 훈둔과 소롱포를 파는 싼값의 음식점이 있다. 싸기는 어찌나 싼지, 이 값에 한 끼를 때우는 게 미안할 지경인데, 잔 새우를 넣어 육수를 내는 듯한 이 국물 맛이, 그야말로 끝내준다. 광장 앞의 훈둔집이 맛집이라고 소문났대서 찾아왔는데, 제대로 찾아온 집인 줄은 모르겠다. 그러나 찾으려고 했던 그 집이 아니면 어떤가. 맛있고, 맛있고, 참 맛있다.

이번 여행 잘 먹기로 작정을 해서 내리 좋은 음식만 찾아 먹다 보니, 이 싼 맛이 진짜 맛인 줄 잊었던 것 같다. 중국에서 내가 살았던 북쪽 도시에서의 2년, 시장 뒷골목으로 훈둔집들이 있었다. 시장 앞에는 맥도날드, KFC, 그리고 요릿집들이 있었지만 뒷골목에는 싼 훈둔집이 있고 우육면집들이 있었다. 그곳 재래시장에서는 중국 특유의 냄새가 유독 심했었다. 실내 지하에 있던 시장이었기 때문이다. 지금도 그 시장 풍경이 다 떠오른다. 입구의 열쇠집, 들어가면 꽈배기집, 또 들어가면 생닭집, 야채가게들, 과일가게, 그리고 수조를 갖춘 생선집…….

거기 해물가게에서 전복을 샀다. 싼값에 신선한 전복을 사 전복죽을 끓여먹겠다고 야심 차게 샀으나 막상 집에 돌아와서는 살아 있는 전복을 손질할 자신이 없어졌다. 별수 없이 냉동실행. 죽이긴 죽여야겠으되 신선하게 유지해야겠다는 계획이었다. 그리고 이튿날, 냉동실에서 꺼내 다시 전복 손질을 시도하다가 혼비백산 비명을 질렀다. 전복이 해동되면서 다시 꿈틀꿈틀, 살아났던 것이다. 그 전복 어찌나 큰지, 꿈틀꿈

틀이 거의 공포영화의 한 장면 같았다. 하나님, 맙소사. 나는 그 전복을 못 먹었다. 그 후 몇 년 동안 다른 전복도 못 먹었다.

아마도 살아난 것은 아니었을 터이다. 그럴 수는 없는 거 아닌가? 아마도 해동이 되면서 물렁해지는 모양이 그렇게 보였을 뿐이었을 것이다.

아무튼 간에, 그런 시장, 전복만 있는 게 아니라 살아 있는 누에도 있고, 수북이 쌓인 닭 머리도 있고, 고수도 수북이 있고, 아무튼 별별 거 다 있는 시장, 속이 거북해지는 냄새, 속이 울렁거리는 풍경들을 보고 나면 다시 중국 음식으로 속을 채울 생각이 사라졌다. 시장에서 나오면 늘 맥도날드로 갔다. 슈티아오로 불리는 감자튀김, 한바오라 불리는 햄버거, 그리고 크얼러라고 발음해야 하는 콜라 세트를 시켜놓고, 그 익숙한 냄새를 맡아야만 간신히 속이 진정되곤 했었다.

그래서 중국에서 내가 즐겨 했던 외식은 훈둔이 아니라 맥도날드, KFC, 혹은 피자헛, 파파존스. 그러나 그중의 어느 한 곳도 찾을 수가 없을 때, 별수 없이 위생 상태가 심히 의심되는 가게에서 한 끼 때울 수밖에 없게 되었을 때, 깨작거리고 말 작정으로 한 숟갈 밀어 넣고는, 방금 전의 각오를 까맣게 잊고 늘 눈물이 날 듯 감동하게 되는 건 또 바로 이 훈둔 맛이다. 싼 집일수록 더 맛있는 건 혹시 MSG 때문일까. 내가 살던 당시만 하더라도 중국 슈퍼에서는 MSG 파는 코너가 엄청나게 컸고, 그곳에서는 쌀가마니 같은 용량의 MSG들이 팔리고 있었다. 그러나 MSG 맛이면 어떤가. 그 불량한 맛은 추억과 함께 맞닿아 있다.

내 오래된 추억의 시간들, 시외버스 정류장, 기차역……. 홀로 앉아 홀로 타게 될 버스를 기다리던 터미널의 기억, 플랫폼의 번호를 확인하고 또 확인하며 문득 쓸쓸해지던 기차역의 기억은…… 그 불량한 맛들과 함께 있다. 고춧가루 풀어 단무지와 함께 먹던 터미널과 기차역의 우동, 한 그릇의 우동을 다 먹는 동안 한 번도 고개를 들지 않고, 젓가락 내려놓으면서 마침내 고개 들어 올리면 다시 또 터미널이고 기차역이던 그곳의 기억, 그리고 그 기억과 함께 떠오르는 불량한 국물의 맛…… 그건 음식의 맛이 아니라 추억의 맛이다. 사오싱의 훈둔도 그렇다.

배를 채우고 이제 거리를 걷는다. 맥도날드가 보이고, 왓슨스가 보이고, 한국식 닭요리라고 쓰인 무슨 간판도 보이고, 옷가게들이 보인다. 편의점이 보이고 마트가 보이고, 베이징덕을 걸어놓고 파는 닭집도 보이고, 과일가게도 보인다. 자전거가 지나가고 인력거가 지나간다. 걷는 사람은 차를 조심하지 않고, 달리는 것들은 걷는 사람을 조심하지 않는 거리, 적어도 내게는 그렇게 여겨지는 거리를, 그래서는 안 되건만 방심한 채 걷는다.

편의점에 들어가 건더기가 아주 많아 보이는 인스턴트 우육면을 사고, 오이맛 감자칩도 산다. 감자칩에 오이맛을 입혀놓다니! 얼마나 기가 막힌 맛일까! 사오싱 특산이라는 쌀과자도 보여서 산다.

그리고는 이것저것 잔뜩 든 비닐봉지를 흔들며, 다리를 건너고 길을 건넌다. 멀리 탑이 보이기 시작한다. 저 탑은 광장에 있던 대선탑이 아니다. 지산에 있던 탑도 아니다. 저 탑은 탑산에 있는 탑. 사오싱에 있는 세 개의 탑 중의 하나다. 지산의 탑은 북에서 남으로 바라보고, 탑산의 탑은 남에서 북을 바라본다. 도성을 내려다보기 위해서는 그러하며, 도성 밖을 볼 때는 물론 반대이겠다. 그래서, 사오싱의 거리를 북에서부터 남으로, 혹은 남에서부터 북으로 걷는다는 것은 탑에서 탑까지 가는 것이다. 탑을 바라보며 걷다가 탑에 이르러 끝나는 길이다.

  나는 잠시 걸음을 멈춘다. 저 탑에 이르면 올라가야 할까? 탑은 꼭 오르라고 있는 곳일까? 그래서 반드시 올라가야 할까. 뒤를 돌아본다. 내가 걸어온 길, 내가 들렀던 가게, 내가 사 먹었던 아이스크림 같은 것들을 되돌아본다. 고작 한 시간, 혹은 한 시간 반? 기껏해야 두 시간도 못 미쳤을 것이다.

  그러나 내가 걸은 거리는 내 생의 어느 한순간, 지나가면 또 흐려지고 잊히겠으나, 지금은 내게 유일한 어느 한순간, 그래서 내 생의 전체와 같은 순간이다. 그리고 나는 지금 사오싱에 있다. 누가 뭐래도 사오싱이 아니라 '소흥'이라고 말해야 할 것 같은, 그래야 소흥이 소흥이 될 것 같은 곳에 있다. 소흥에서 만난 다반 남자, 오사카가 아니라 꼭 다반이라고 발음해야 할 것 같은 그곳에서 온 남자, 콴을 기억해본다. 그가 내게 남겼던 인사, 짜이찌엔을 기억해본다. 그 발음과 그 발음 끝에 남겨졌던 말줄임표의 호흡을 기억해본다.

  아직 해보지 못한 것들, 가보지 못한 곳들, 먹어보지 못한 것들도 생각해본다. 살아 있는 민물 게와 새우에 소스를 부어 만든다는 취하라는 요리, 차마 혼자 먹어볼 수 없었다. 소흥주도 종류별로 마셔보지 못했다. 가보고 싶었던, 직접 건너보고 싶었던 다리들 중 십 분의 일도 건너보지 못했다. 나무다리도 건너보고 싶고 징검다리도 건너보고 싶었으나 그러지 못했다. 다리에 관해 얽혀 있는 이야기들, 고사성어들, 다 이야기하고 싶었으나 그렇게도 못했다.

　무엇보다도 내 추억에 얽힌 이야기들, 다 하지 못했다. 다 하지 못했는데, 할 필요 없는 이야기들, 내게만 재미있는 이야기들을, 고약한 수다꾼처럼 말했다.

　어느 날의 한나절을 보냈던 서점과 도서관, 하루를 통틀어 보냈던 둥후東湖, 그곳의 기념품가게에서 무뚝뚝하게 생긴 남자 직원이 연주하던 오카리나의 선율을 기억해본다. 해가 쏟아질 것처럼 뜨겁던 날, 둥후 앞에서, 신호등 없는 넓은 도로를 건너지 못해 서 있던 시간을 기억해본다. 오카리나 소리가 계속 들려왔었다. 물소리도 함께. 오봉선, 사공이 발로 노 젓는 소리도 함께. 또 하루를 통틀어 보냈던 커옌柯岩지구. 마치 씻어놓고 빗으로 빗어놓은 듯하던 그 공원에서, 거대한 커옌을 올려다보며, 또 그 바위에 새겨진 그토록 거대한 불상을 올려다보며, 그 불상의 머리 위에서 날다가 날개를 쉬던 새들을 올려다보며, 나 홀로 여기는 소흥…… 중얼거렸던 기억을 해본다. 여기는 소흥, 여기는 나의 하루, 여기는 나의 시간, 그렇게 중얼거렸던.

그리고 이제 다시 탑. 탑으로 올라갈 시간이다. 탑산에 있는 탑이다. 그곳에서 다시 나의 시간을 내려다보기 위해, 나는 탑으로 걸어간다.

김인숙 1963년 서울에서 태어나 연세대 신문방송학과를 졸업했다. 1983년 《조선일보》로 등단했으며, 소설집 『함께 걷는 길』『칼날과 사랑』『유리 구두』『브라스밴드를 기다리며』『그 여자의 자서전』『안녕, 엘레나』『단 하루의 영원한 밤』 등, 장편소설 『핏줄』『불꽃』『79-80 겨울에서 봄 사이』『긴 밤, 짧게 다가온 아침』『그래서 너를 안는다』『시드니 그 푸른 바다에 서다』『먼 길』『그늘, 깊은 곳』『꽃의 기억』『우연』『봉지』『소현』『미칠 수 있겠니』『모든 빛깔들의 밤』『벚꽃의 우주』 등이 있다. 〈한국일보문학상〉 〈현대문학상〉 〈이상문학상〉 〈이수문학상〉 〈대산문학상〉 〈동인문학상〉 〈황순원문학상〉을 수상했다.

어느 봄날, 아주 따듯한 떨림

2019년 9월 28일 초판 1쇄 펴냄

지은이 김인숙 | **사진** 손정원 | **펴낸이** 김재범
편집 김지연 강민영 | **관리** 김주희 홍희표 | **디자인** 나루기획
인쇄·제본 굿에그커뮤니케이션 | **종이** 한솔PNS
펴낸곳 (주)아시아 | **출판등록** 2006년 1월 27일 | **등록번호** 제406-2006-000004호
전화 02-821-5055 | **팩스** 02-821-5057
주소 경기도 파주시 회동길 445(서울 사무소: 서울시 동작구 서달로 161-1 3층)
이메일 bookasia@hanmail.net | **홈페이지** www.bookasia.org
페이스북 www.facebook.com/asiapublishers

ISBN 979-11-5662-415-8 03810

*값은 뒤표지에 표시되어 있습니다.

이 도서의 국립중앙도서관 출판예정도서목록(CIP)은 서지정보유통지원시스템 홈페이지(http://seoji.nl.go.kr)와 국가자료공동목록시스템(http://www.nl.go.kr/kolisnet)에서 이용하실 수 있습니다.(CIP제어번호 : CIP2019037153)